敵のおっぱいな
幾らでも揉めることに気づいた件につい

琴音《ことね》朱美《あけみ》
「えっ――ち、ちょ……キャッ！」

「縞パンは男の憧れ！中々良いモノをお持ちですね！」
「うっさい！バカあ！」

「私は素直な君が
大変好ましいよ」
特務長はまるで見せつけるように
タイトスカートの足を組み直す。
バカめっ！　そんな安い挑発に
引っかかると思うなよ！

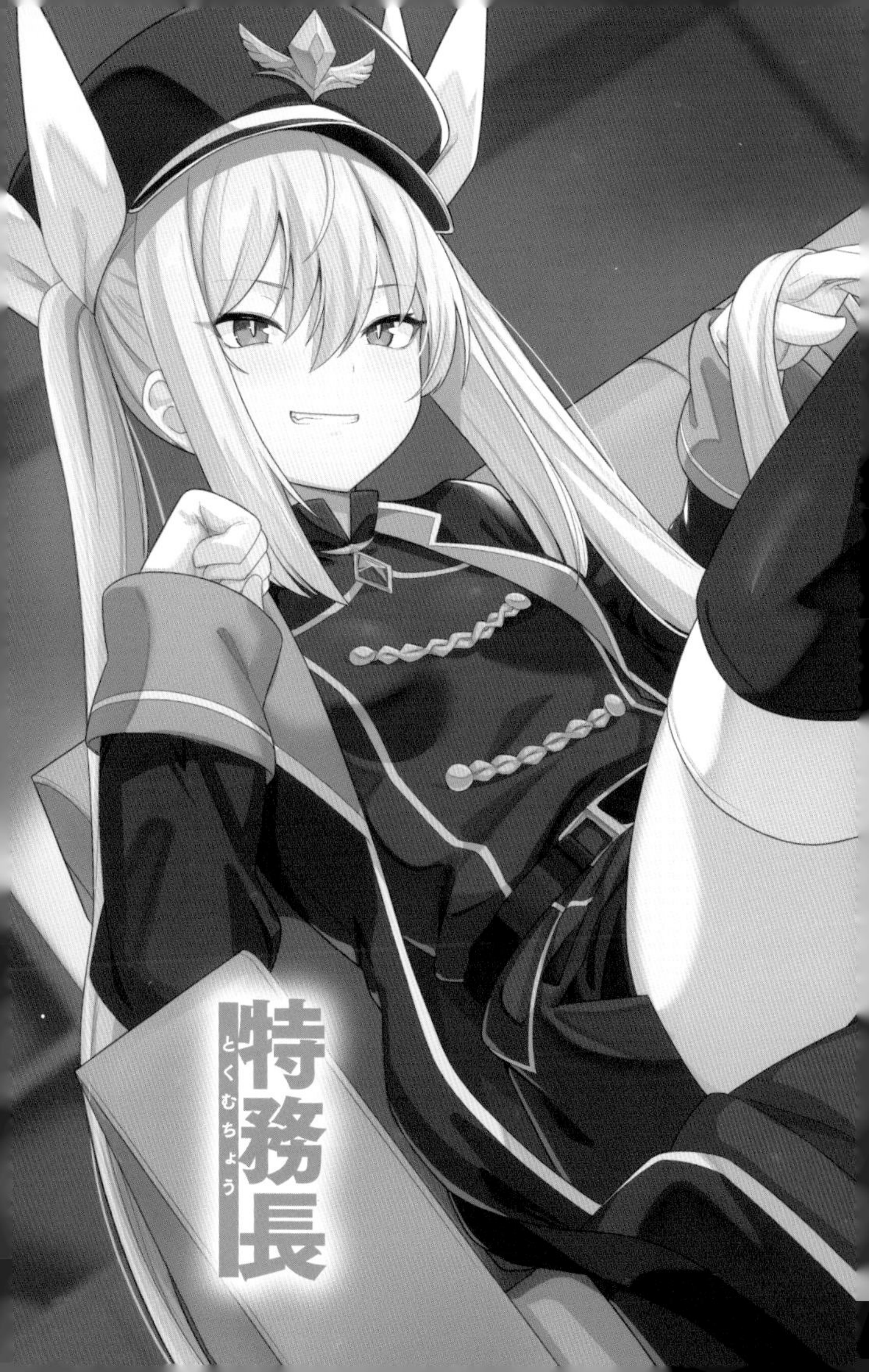

特務長
（とくむちょう）

「乙女の大切なモノに手を出して
生きていられると思わないことね！」
シルヴィア

「僕はシルヴィアと同じ大人！
大人の女性なの！」
パイモン

# 敵のおっぱいなら幾らでも揉めることに気づいた件について

とがの丸夫

角川スニーカー文庫

23608

本文・口絵イラスト／芝石ひらめ
本文・口絵デザイン／木村デザイン・ラボ

# プロローグ

「いいやあああああああ！」

いつもと変わらない街。その中で、情けない男の叫び声と巨大な何かが空《くう》を切る音が断続的に響く。

「はあっ！」

「うわっ！　ちょっ！　ま、マジで殺しに来てる⁉」

力強い声を発するのは誰もが振り返るほどに美しい女性だった。

綺麗《きれい》な白の長髪の女性が声に合わせて腕を振るうと、男の頭上で身の丈ほどの大剣が空を切る。

白髪とは対照的な黒色の戦闘服を身に纏《まと》い、大剣を振るう姿は神話で語られる戦乙女《ヴァルキリー》の姿を彷彿《ほうふつ》とさせる。

戦乙女に相応《ふさわ》しい戦意と殺意を全身から発する女性が、先ほどから避《よ》け続ける男に向けて躊躇《ためら》いなく大剣を振るっていた。

「動かないでくれる？　その首、落とせないじゃない」

「ちょ、ちょっと揉《も》んだだけじゃん、許可取ったじゃん！　やめ、マジで死んじゃうから止《や》めて⁉」

「乙女の大切なモノに手を出して生きていられると思わないことね！」

容赦も手加減もない攻撃に、男は両手で女性を突き放そうとする。だが、これが誤りだった。

もにゅん。

拳を突き出した時とは違う音が、激しく動く両者の時間を止めた。

女性は自身の両胸へと伸ばされた男の両手を、能面のような表情で見つめる。男は女性を突き放す目的で出した自身の両手の先を見つめた。

平均的に見ても決して小さいとは表現できない胸に、男の両手がしっかりと添えられていた。

成人男性の手では包み込めるかギリギリの大きさの肉塊。それが男の両手を動かしてしまう。自然と両手が動く。

もにゅ。

開いた手を軽く閉じようとすれば、女性の胸は確かな抵抗を見せつつも、男の手から逃れるように形を変える。

もにゅもにゅ。

だが、手に込める力を弱めれば、至宝とも呼べる果実はその美しさを当然のように取り戻す。この時、神は二物を与えるのだと男は直感した。それほどまでに、女性の胸は柔らかく、美しく、そして天国のような触り心地だった。

確かな感触。だが少しでも力を加えれば、雲のようにその形を変えてしまう様《さま》に男は夢中になっていた。指ごとに込める力を変え、少し手で押してみる。その全てで、果実は同じ形を保つことはなかった。

「人生の最後に一言聞いてあげる」

だが、そんな夢のようなひと時は長くは続かなかった。花々の咲く陽だまりのような世界は、女性の感情を全く感じさせない冷たい声により、氷河の世界へと一変してしまう。

両手に感じる胸の温かさを感じながら、男の全身は血の気が引いて冷たくなる。胸に釘《くぎ》付《づ》けだった視線を、ゆっくりと上に向ける。

そこには夜叉《やしゃ》がいた。

「辞世の句は要らない？」

「えっと……これは、その……」

ここで選択を間違えれば、普通に死ぬよりも悲惨な最期を遂げると直感が告げていた。

男は女性の気を少しでも落ち着けるため、言葉を紡ぐ。

「最高のおっぱいです。ありがとうございます!!」

清々《すがすが》しいまでに、男は心の中の言葉を吐露してしまう。

「そっか……」

意外にも、男の言葉を聞いた女性は夜叉を納め、穏やかな表情を見せる。

男はその表情の真意に気づかず、救われたのだと思った。マスクの中で男も穏やかな表情を浮かべる。

「死ねえええええ!!」

「ぎゃあああああ！」

今まで当たることのなかった大剣が、初めて男を直撃する。

質量と勢いを伴った力に、男はピンボールのように吹き飛ばされる。

「いでぇ……」

幸いにも、男のヒーロー服に取り付けられた強化装甲が大剣の攻撃を受け止めていた。

それでも強く感じる衝撃と痛みに、男は呻《うめ》く。

「これ結構高いんだからな……」

特殊な物質が配合された強化装甲に刻み込まれた亀裂に、男は小さく嘆く。

「この剣、結構良い物なんだけど、それに耐えるなんて凄《すご》いわね」

男の様子を無視した女性は、ようやく攻撃が当たったことに気が落ち着いたのか声に色が付く。

（流石《さすが》に、二度目の死はまだ経験したくないな）

口に出さず、男は意識を本当の意味で戦闘用に切り替える。

「これ以上、君を自由にすることはできない。申し訳ないが、全力で行かせてもらう」

「ふうん……さっきも似たようなこと言ってたわね。でもPF能力も使わないで私に勝てるのかしら？」

ただの挑発だったが、反応を示さない男の様子に女性の口は自然と弧を描く。

「使えないのか、それとも使いたくないのか……。まあ、どっちでもいいわ。使わないならそのまま死になさい、ヒーロー」

ゆっくりと大剣を構えた女性が今度は先に攻める。

「はあっ！」

振り下ろされた大剣を男は回避する。先ほどまでと何ら変わらない男の行動だったが、それ故に女性は驚く。

戦闘の最中引き延ばされた女性の意識が、男の回避から攻撃に転じる光景をゆっくりと認識させた。同じだと思っていたその動きは、全くの別物だった。

「マジで痛いから、気を付けろよ」

呟《つぶや》くように発せられた男の言葉を聞いた直後、腹部を強烈な衝撃と痛みが襲う。

「カハッ⁉」

肺を叩《たた》かれたわけではない。だが女性は肺の空気が抜けたような感覚に、視界が白黒する。

「これが男女平等パンチ……はぁ、やっぱ女性を殴る感覚は最悪だ。安心してくれ、目的はお前を捕らえることだ。すまないが拘束させてもらう」

未《いま》だ痛みに耐える女性を前に、男の声は同じように悲痛さを伴っていた。

男は捕縛用特殊ワイヤーを取り出し、女性を捕らえようと近づく。

「謝らなくてもいいよ、シルヴィアは僕が助けるから」

白髪の女性、シルヴィアに向けられていた意識は、ここにいなかったはずの第三者の声に逸《そ》れる。

声の聞こえた方に視線を向けるが、そこに声の主はおらず、先ほどまでの戦闘によって少々荒れた風景だけが視界に映るのみだった。

「僕はパイモン。今は引かせてもらうけど、今度会った時はしっかりと遊んであげるからね、ホワイトジョーカー」

今度は反対側、シルヴィアがいた方向から声がしたため、ホワイトジョーカーは慌てて視線を戻す。

しかし、そこには先ほどまで倒れていたシルヴィアの姿はなく、ホワイトジョーカーは痛くないはずの頭を押さえる。

「逃げられた……」

近くに隠れているだけかもしれないと、すぐさま付近を捜索しようとしたホワイトジョーカーの耳にノイズが入る。

『対象をロスト。敵勢力増援により以降の作戦継続を一時停止。ホワイトジョーカーは直ちに帰還してください』

感情を見せない、機械とも思える女性の声が、無線から発せられる。

動き出そうとしていた体を止め、ジョーカーは無線に答える。

「ホワイトジョーカー了解、直ちに帰投する」

『お疲れさまでした。詳細は帰還後、特務長から呼び出しがあります。その時に併せて報告してください』

「了解。通信終了」

端的に返答した後、ジョーカーは無線を切る。

「ほう……」

いつの間にか入っていた全身の緊張を解くように、小さく息を吐《っ》く。空を見上げ、先ほど戦ったヴィランのことを思い出す。

「……おっぱい、柔かった」

両手で揉んだ時の感触を思い出しているのか、ジョーカーは手を軽く握りしめた。

# 1章　護衛任務開始

幡部晴彦《はたべはるひこ》には前世の記憶と呼ばれるものがある。

命の危険を感じることもない、平和な日本に住むただの大学生だった。ピンク色の青春とは無縁の魔法使いロードまっしぐらだったが、ある日気が付いたら転生していた。

トラックに轢《ひ》かれたわけでも、誰かを庇《かば》って死んだわけでもなく、神様にも会うことなく、ただ転生していた。

時代も倫理観も殆《ほとん》ど変わらない、しかし決定的にある部分が違う世界だった。

この世界には前世で言うところの超能力があり、二次元の世界にしか存在しなかったヒーロー、そしてヴィランと呼ばれる敵がいた。

「入れ」

特務長室と書かれたドアプレートが取り付けられた、高級感漂う木製のドアの向こうから聞こえる力強い男の声に、一度姿勢を正した俺はゆっくりとドアを開けた。

中に入った俺を迎えたのは一人の巨漢だった。

スーツの上からでも分かるほどに肥大した筋肉を持つスキンヘッドの男から、静かな視線が向けられる。

「ホワイトジョーカー、帰還しました」

軍隊のような敬礼はしないが、それでも背筋を真っすぐに伸ばして腹から声を張り上げる。

「よく戻ってきた。大した怪我《けが》もなさそうで安心した」

鋭い目つきとその見た目とは裏腹に、スキンヘッドの男、ミスターハンマーと呼ばれる俺の上司は中々に優しい人だった。

先の戦闘でシルヴィアとパイモンと名乗るヴィランを取り逃がした事もあり、最初に一言二言ぐらいはと覚悟はしていた。表情には出さないように安堵《あんど》した。

「報告はこれから聞く。まずはそこに座れ、茶を淹《い》れる」

「ありがとうございます！」

上司から茶を淹れてもらう。何とももったいないことだが、この人が淹れる茶は単純に美味《うま》い。

ドア同様、高級そうな木製のテーブルを挟むように置かれているソファに座り暫《しばら》く待っていると、ミスターハンマーは慣れた手つきで茶を三つ用意した。

「準備ができました」

俺の時とは違う口調で、ミスターハンマーは特務長室の奥に配置されているデスクチェアに向かって声を掛ける。

「お、今日も良い匂いだね〜。ジョーカー君、茶請けはないけど我慢してくれたまえ」

こちらに背を向けていたデスクチェアから鈴の音のような声が聞こえ、ゆっくりと振り向いたそこには、デスクチェアの大きさとは不釣り合いな一人の少女がいた。

「やあジョーカー君。先の作戦はお疲れ様」

金髪のツインテールと幼いながらもモデルのように整った顔立ち。何処《どこ》からどう見ても小学生か、良いところ中学生に見える少女だった。だが、どこか役者染みた口調で話す様に天秤《てんびん》が傾くような違和感を覚える。

「申し訳ありません。対象を取り逃がしました」

「いやいや、問題ないさ。聞けば相手方は伏兵がいたようだしね」

少女が椅子から降り、俺の対面に位置するソファに座る。歩く間、膝まで伸ばされているツインテールがユラユラと揺れる光景に、誰もが騙《だま》されるだろう。タイトスカートのスーツ姿と背格好のアンバランスさもあり、本当に自分よりも年上なのかと、毎度ながら思ってしまう。

だが、目の前の少女、彼女こそが俺の所属する特務機関における最高権力者、特務長と呼ばれる存在ということに変わりはなかった。

「まだウチに配属されてから一年と少し、君はまだまだ成長途中なんだから、落ち込んでる場合じゃないぞ？」

ソファに座ると同時に特務長が口を開く。うん、可愛《かわい》いとしか思えない。

「はい、次は絶対に捕まえます」

「その意気だよジョーカー君。君は将来、ウチのエースになってもらわないといけないからね。それはそうと、事のあらましはコマンダーから聞いている。だけどやっぱり君の口から報告をしてくれないかな？」

特務長への報告義務を果たすべく、シルヴィアとの戦闘開始から取り逃がすまでのやり取りを報告した。

報告の間、特務長の茶化《ちゃか》すことなく耳を傾ける姿は、見た目に反して上に立つ者の風格を自然と感じさせた。

「なるほどね、まあウチも結構派手な活動してるし、ヴィラン達にも情報が流れるのは当然と言える。些《いささ》か情報が流れ過ぎな気はするが、問題はないね」

特務機関でヒーローとして活動を始めてまだ二年目の俺のことまでシルヴィア達は知っていた。

特務長は軽い口調で話すが、軽く受け止めて良いものではないんじゃ、と思ってしまう。

「あ、そうそう！」

手を叩き、特務長が真剣な表情から一変。ニヤニヤしながらクリップでまとめられた資料を渡してくる。

「これ、君の次の任務だよ」

「あ、はい……」

渡された資料を確認する間、特務長が話を進める。

「君はまだまだ新米君だ。色々経験を積む必要があるからね。次の任務はとある人物の護衛だ」

資料の一枚目に一人の少女の顔写真が貼り付けられている。前世でも今世でも殆ど見たことのない薄ピンク色の長髪と整った幼い顔立ちは、目の前にいる特務長と同じように小中学生にしか見えなかった。

「護衛ですか。やったことはありませんが、メンバーは決まってるんですか？」

「え、君一人だけど？」

「え……」

まさかの単独任務ですか。普通に考えて無理でしょ。

「護衛と言ってもそうそう何かが起こるわけじゃない。というよりも、護衛と言いつつ対象と仲良くなるのが本命かな」

「仲良くなる、ですか？」

護衛対象との関係はできるだけ浅いものにする。昔受けた教えを真っ向から否定する言葉に、思わず懐疑的な返答をしてしまう。

そんな俺の心情とは裏腹に、特務長の浮かべる笑みは深くなっていく。

「詳細は資料を確認、だよ」

「はい、この後確認します」

護衛は難度の高い任務だが、それだけ期待されていると考えても良いのだろうか。

「あ！　そうそう。可愛いからって護衛対象に変なことしちゃだめだよ？」

「えっ⁉」

まさに寝耳に水の言葉を投げられた。自分でも驚くほどに素っ頓狂な声が出てしまう。

その様子が面白かったのか、特務長は口元の弧を大きくするが、こちらとしてはたまったものではない。

「何って、君の欲求のことさ。先の戦闘も色々楽しんだそうじゃないか？」

「いや、そ、それは何といいますか……」

特務長の言葉に言い淀《いよど》む。先のシルヴィアとの戦闘もそうだが、この話は俺自身あまり触れたくない。

目の前の合法ロリは、そんな俺の反応を楽しむように笑みを深める。

「PF能力発動に伴う欲求。君の場合は女性にエッチなことがしたくなってしまう、大変だよねー」

心配している口振りだけど、めっちゃ笑顔じゃないですか。完全に面白がってるじゃないですか。

超常的な力を持つPF能力。だがそれには大なり小なり対価が必要となる。

PF能力者にとって一番の障害とされるそれは、「欲求」と呼ばれる症状だった。能力者ごとに違いはあるが、発動するたびに特定のモノや行動に対する欲求が高まる。

欲求は解消されない限り高まり続け、いずれ爆発してしまう。そのため、PF能力者は自身の欲求と付き合いながら生きていかなければならない。

〝女性にエッチなことをしたくなる〟

法治国家において、この欲求が満たされてしまえば向かう先は監獄の中となるだろう。ヴィランと戦うヒーローとして活動すればするほど、PF能力を使用する機会は一般の人よりも多くなる。

「相手にも悪いとは思ってるんですけど……」

だが、欲求はPF能力を使う使わないに関係なく、微量だが貯《た》まり続ける。欲求という時限爆弾を抱える身として、ヒーロー業はリスク回避の一端を担っていた。

「大丈夫大丈夫、ちゃんと相手に了承を取ってるみたいだし。何より面白いからもっとやっちゃってよ！」

普通、ここはやっちゃだめ的なことを言うべきでは？

「面白いなんて言わないでくださいよ。シルヴィアの時もしっかりと事前に了承を得られなかったら、流石《さすが》にあんなことしませんよ」

シルヴィアは怒っていたが、意外にも彼女は戦闘の前におっぱいを揉むことを了承していたのだ。

『おっぱいを揉ませてください！』

『貴方《あなた》それでもヒーローなのかしら？　ま、できるものならやってみなさい。やれるものならね』

『ありがとうございます！　とうっ！』

うん、あれほど分かりやすい承諾はないはずだ。だから心置きなくダイブしただけなのに、あそこまで沸騰するとは思わなかった。

もしやそういうプレイなのか⁉　俺はなんて勿体《もったい》ないことをしてしまったんだ！

「いや、あの返答は良いよって意味じゃなくて。君の挑発を受け取っただけな気がするよ」

自然と視線が特務長から逸《そ》れてしまうのは、仕方のないことだった。

「はい……申し訳ありません……」

確かにシルヴィア自身、目の前のヒーローが本当におっぱいを揉みに来るとは思わなかったのだろう。

ふ、舐《な》められたものだな。今世の俺はＯＫと言われれば飛びつく男ぞ。

「でも、護衛任務ではそんなことしません。それに、相手はまだ子供じゃないですか。流石に俺でも守備範囲外ですよ」

ヒーローとして、そして社会人としても会社の上司とする会話ではないが、これは俺の沽券《こけん》に関わる。

俺はロリコンじゃない。

「ふうん、そーなんだー」

俺の返答に、特務長はまるで見せつけるようにタイトスカートの足を組み直す。

バカめっ！　そんな安い挑発に引っかかると思うなよ！

「ジョーカー、どうして体が斜めに傾いているんだ？」

「いえ、ミスターハンマー。少しストレッチをしたくなりまして」

特務長は合法ロリだ。つまり大人な女性なわけで……うん。

「私は素直な君が大変好ましいよ」

ミスターハンマーから見えないのをいいことに、特務長はこれ見よがしに体勢を変えていく。

くそ！　俺は負けん、負けんぞー！

「話を戻すけど。彼女はれっきとした大人。特務に所属するから既に中退してもらってるけど、元は現役大学生だよ？」

「え？」

「ほら、資料をよく見てよ」

特務長の言葉に、俺は再び斜めになっていた姿勢を戻すと慌てて資料を見返す。

顔写真が載っている一枚目に少女のプロフィールが載せられており、そこには自分と同じ年齢が記載されていた。

「君を護衛任務にした理由は彼女、琴音朱美《ことねあけみ》ちゃんとジョーカー君が同年代だからだよ。あーあ、朱美ちゃんは可哀相《かわいそう》だなあ、子供だなんて酷《ひど》いよねー」

「そうだぞジョーカー、人を見た目で判断してはいけない」

ミスターハンマーまで非難の声を上げる。しかし俺は見逃さない。非難の言葉を口にするミスターハンマーの視線は、何故《なぜ》か特務長へと向けられていた。

「何かな？　ミスターハンマー副特務長殿？」

「いえ、なにも」

心なしか冷たい笑顔と声を当てられ、ミスターハンマーは慌てて口を閉じる。その様子に一度溜息《ためいき》を吐《つ》くと特務長は視線を戻す。

分かります。俺も貴方《あなた》と同じ気持ちを抱きました。俺は心の中でミスターハンマーに向けて旗を振った。

「ふふーん」

「特務長ってすっごく魅力的で大人な女性だなって、俺はいつも思ってます」

「そうかそうか」

胸はともかく、そうしてタイトスカートと太ももが織りなす光景とか、見た目不相応にエロスを感じます。

「朱美ちゃんは最近行われた検査によって、ＰＦ能力者というのが判明したばかりなのだけどね。ＰＦ能力も優良過ぎることもあって、いち早くウチで確保したわけなんだ」

ＰＦ能力の種類は能力者の数だけ存在する。

その中にはただ戦闘に特化したものから、何にも使えないようなモノもあれば、世界に影響を与えかねないモノすら存在する。そのため、国による定期的なＰＦ能力の検査が行われている。

国が運営するヒーロー機関、その中でも特殊とされる特務。その長が優良と称し、早々に行動を起こすほどのＰＦ能力ということになる。

「検査では〝電子系〟と判断されたっぽいけど、私が見た限りではそれ以上のこともできそうだね」

ＰＦ能力に一貫性はなく、能力を正確に観測できるわけではない。そのため、ＰＦ能力について保持者本人が呼び名を付けるのが一般的だった。電子系と称されたのも、大きな括《くく》りとして当てはめているため、他の電子系と同じＰＦ能力というわけではない。

「それで、確保ってどういうことですか？　それに、護衛についても同年代である必要性が分かりません」

素直に疑問を投げかける。これから自分が担当する任務の詳細は、渡された資料以外からも集めておきたい。

「あ、それね。朱美ちゃん、ＰＦ能力の関係もあって近々ウチに来るんだよ」

「本当ですか⁉　一般人をいきなり特務に引き入れて大丈夫なんですか？」

幾らなんでも早過ぎる。

ヒーローを始めとした特務機関の構成員は、特務長にスカウトされるような形で所属したものが多い。

それでもヒーローになるためのカリキュラムを受けた者が殆《ほとん》どであり、つい最近ＰＦ能力が発現したからといって、すぐにヒーローになれるわけではない。

「それなら問題はないよ、ウチは元々そういったしがらみには縛られない組織だ。そのための我々でもあるわけだし」

特務長は気にした様子を見せない。

特務長の性格から、本当に問題ないのか心配になりミスターハンマーに視線を向ける。

「問題ない。彼女の能力はヴィランの手に渡すわけにはいかないからな。他の機関ならこうはいかないだろうがな」

ミスターハンマーの回答に少し安堵《あんど》する。特務長よりもこういった話はこの人の方が頼りになるからな。

「ちょっとー？　なんで私よりハンマー君の言葉で安心するのかな？」

「あ、いえ。別にそういった意図があったわけじゃないんですけど……」

「ふうん？」

俺の慌てた返答に納得するわけもなく、腕を組みながら懐疑的な視線を向けてくる。体を少し反らし、ゆったりとした動作で、タイトスカートの暗い場所が見えるか見えないかのギリギリを見せつけてくる。

「はは、大丈夫ですよ。同い年には見えない相手ですし、流石に手を出したりなんてしませんよ」

というか、特務の女性陣がやばい奴《やつ》しかいないからな……。

むしろヴィランの方が信用できるくらいなのが特務だ。つまりこの特務に所属する時点で琴音朱美もそういう人かもしれないし、そうでなくてもいずれ特務に染まっていく未来が見える。

やば、電子系とかモルモットにされそうじゃん。

「そう言うなら、まずはその前衛的な姿勢はどうにかしないとね」

「ジョーカー、琴音朱美は君の同僚になる。頼むから、不祥事は起こさないでくれよ」

特務長だけではなく、ミスターハンマーにも疑わしげな視線を向けられてしまった。

俺ってそんなに信用ないですか？

「こんな美少女が一人住まい、部屋は彼女の素敵な匂いで溢《あふ》れ、生活感漂う脱ぎ捨てられた衣類や干された下着の数々」

「ゴクリ……」

「頼むから本当に不祥事は止《や》めてくれ」


ジョーカーが退出した後、特務長室ではミスターハンマーと特務長が話をしていた。

「特務長、今回の護衛任務ですが……」

言《い》い淀《よど》むミスターハンマーだが、特務長は笑顔を崩すことなく答える。

「ジョーカー君に任せるのが不安かい？」

言い淀んでいた言葉を言われ、ミスターハンマーは続く言葉に詰まる。

「ジョーカーの欲求は、女性に対してかなり問題が多いはず。なのに琴音朱美の護衛に付かせるというのは些《いささ》か問題かと。先のヴィラン、シルヴィアの時のようにならないとも言えません」

実のところ、ジョーカーとシルヴィアの戦闘記録は、近くに配置されていた監視用ドローンによって、記録映像として確保されていた。そこに残されていた映像からは、元ヒーローでもあるミスターハンマーからしてみれば、ジョーカーの欲求には問題が多いと思えた。

　しかし、特務長は余裕の笑みを浮かべる。

「先の戦闘でジョーカー君はＰＦ能力を使用していない。彼のＰＦ能力はかなり特殊だからね、一度でも使用すれば一目で分かる」

「だからといって欲求が関係していないとは思えません」

「私の目を甘く見ないでくれるかな。この私が問題ないと判断した、それ以上も以下もない」

　ミスターハンマーの懸念に、特務長も引き下がる様子を見せない。

「それに、彼の欲求は、彼自身が表現していたモノとは少し違うと私は思っている」

「どういう意味ですか？」

「まあ、彼自身正確には自覚していないんだろうけど、彼が欲求を解消する時、仲間や民間人、ひいてはそういった施設を使用したという記録は一切ないんだよ」

　特務長の言葉に、ミスターハンマーは目を見開いてしまう。

「あっはっはっは！　ミスターハンマー君の驚いた顔なんて久しぶりに見た気がするよ！」

　ミスターハンマーの様子が面白いのか、特務長は声を上げて笑う。

「御冗談を……。彼自身の認識が違うのであれば、欲求は解消されていないのでしょうか？」

「いや、欲求が溜《た》まっている状態には見えなかった。まぁ、彼の場合見え方がそもそも違うからねぇ」

「はぁ。見え方、ですか？」

特務長の言葉に、要領を得ずオウム返しのように口が動く。目の前にいる特務長と呼ばれる存在は、今まで見てきた中でも常識を逸脱している。それを知るミスターハンマーはこれ以上の詮索を諦めることにした。どこまでいっても自分とは見えているものが違うということなのだ。

「彼の場合、ＰＦ能力も特殊だからね。とりあえず今言えるのは、今回の護衛任務を彼に任せるにあたり問題はないということ」

特務長がどうしてここまで言い切れるのか、結局最後まで分かることはなかったが、自身が一番に懸念している問題は起きないと言われてしまえば、これ以上言えることはなく、ただ頷《うなず》くことしかできないだろう。

「分かりました。では、私も失礼させていただきます」

「うん、お疲れ様ー」

ミスターハンマーが頭を下げ、退室した。その巨体と厳《いか》つい表情とは違い、彼が扉を閉

めるまでの行動は整ったものだった。何処《どこ》か執事のような動きは、彼のチャームポイントの一つだと特務長は考えている。

「ふふ、ハンマー君も大概心配性だねぇ……さて、これから面白くなりそうだ」

誰もいなくなった特務長室で、ジョーカーにもミスターハンマーにも見せたことのない笑みを浮かべていた。


「ここが護衛対象の住んでいるアパートか……」

特務長に新しい護衛任務を言い渡されてから数日後の護衛開始当日。俺は護衛対象の琴音朱美が住まうアパートに来ていた。

アパートと聞かされていた場所は想像とは違い、しっかりとした作りをしていた。二階建てのアパートは、部屋数が少なく一室ごとの空間が広く間取りも余裕のあるつくりなのだと、外観からも窺《うかが》えた。

部屋のプレートナンバーを確認し、琴音朱美が住んでいる部屋番号を見つける。流石《さすが》に相手が同年代の女性ということもあり、自然と自身の服にゴミが付いてないかなどの確認を行った後、インターホンを押した。

「はい」

インターホンに備え付けられているスピーカーから聞こえた声は、幼さを感じさせる高く澄んだ声だった。しかし、愛想がないというのが聞こえた声に抱いた印象だった。

暫《しばら》く待つと、玄関の向こう側から人の足音が聞こえてくる。

ドアガードの限界まで扉が開き、中から特務長とそう変わらない背格好の少女が顔を出す。

一般的にはあまり見ない、薄ピンクの髪が腰まで伸びているのが扉越しでも窺えた。こちらを見るクリクリとした目に自然と見入ってしまった。

「あの、どうしたんですか？」

インターホン越しに聞いた時と変わらない、何処か平坦《へいたん》さを感じさせる声に、俺は現実に引き戻され、慌てて答えてしまう。

「あ、いや。目も髪も綺麗《きれい》で、こんなにかわいい子だとは思わなく、て……。あ」

やってしまった。初対面でいきなりこんなことを言われれば不審がられるに決まっている。

気が付いたところで発してしまった言葉を取り消すことはできず、開いてしまった口を閉じることにも気が回らず固まってしまう。

「えっ⁉　ち、ちょ、何言って……キャッ！」

しかし、動転したのは俺以上に相手側だった。突然の賛美に琴音朱美は先ほどまでの平坦さは消え、慌てた声と共に大きな音が扉の向こうから聞こえてくる。

「だ、大丈夫か！」

慌てて扉に手を掛けて引っ張る。ドアガードが外れていた扉が勢いよく開く。

「……あ」

扉を開け、悲鳴を上げた琴音朱美の安否を確認しようとする。しかし、目に映ったのは尻もちをついた状態で痛みに表情を歪めている少女だった。

玄関越しでは分からなかったが、琴音朱美はスカートを穿《は》いていた。つまり自然と俺の視線からは彼女のスカートの中が見えるわけで。

「いったたぁ……貴方《あなた》がいきなり変なことを言う、から……」

痛みに表情を歪《ゆが》ませた琴音朱美は、目に涙を浮かべながらこちらを見る。

しかし俺の様子と向けられている視線の先を辿《たど》り、俺が何処を見ているのかを理解したのか、琴音朱美の表情が大きく動く。

「――――ッ‼」

まるで沸騰したように一気に顔が赤く染まる。

小説や漫画の世界であれば、ここで激高した少女に制裁を食らってしまうのかもしれない。

転生を経て、非現実的なことは起こりうるのだと学んだ。所謂《いわゆる》ラッキースケベと呼ばれる事態にも対応できるようシミュレーションを重ねていた。

姿勢を正し、大きく息を吸う。こういう時、変に取り繕うのはかえって逆効果。

「縞《しま》パンは男の憧れ！　中々良いモノをお持ちですね！」

腰を九十度に曲げ、感じたことを素直に、感謝と共に告げる。

俺が導き出した最適解だ。

「うっさい！　バカあ！」

勢いよく起き上がった琴音朱美が、フルスイングでビンタを打ち放つ。

頭を下げた状態でパンツを拝もうとして、少し持ち上げていた顔面にジャストミートする。

「ありがとうございます！」

少女が出していい威力ではないそれを受けてなお、俺の笑みは消えなかった。

「誠に申し訳ありませんでした」

「……」

静寂に包まれた部屋で、俺は琴音朱美に土下座していた。

「はぁ……、もういいです。不可抗力だって私も分かってますし」

土下座と謝罪の言葉を繰り返した結果、どうにか許してもらえた俺は、今回の護衛任務についての説明を始めることができた。

あらかたの説明が終わると、琴音は真剣な表情で口を開いた。

「分かりました。検査を受けた時にも言われたのである程度は理解しているつもりです」

「琴音さんのPF能力は希少性が高い。つまりヴィランだけじゃなく、特務機関以外の他の組織からも狙われている可能性もある」

「重々承知しています」

「君の安全が確保できるまで、正確には特務に正式に所属するまでの間、外に出る時は俺が護衛につくが、極力外出は避けてくれると助かる」

「日用品を買う以外で外に出ることはないので、大丈夫です」

愛想のない返答かもしれないが、逆にコミュ力が高くて気圧《けお》されるよりは全然いい。むしろこうした淡々とした受け答えは俺としては話しやすい。

「それと、護衛のために日中はこの部屋にいさせてもらうことになる。我慢してくれ」

これは琴音の護衛任務に就くにあたって、特務長から言い渡されていたことだった。普通なら不審な人物の出入りなどをチェックするだけで済むが、ＰＦ能力者に常識は通用しない。

中には短距離であれば瞬間移動できるＰＦ能力もあるため、いくら扉や周辺に目を光らせても無意味になってしまう。

対応するためには護衛対象を手の届く位置で守る必要がある。

「さっきの説明でそこも了承済み。私も護衛してもらう身ですから、気にしないでください」

「ふぅ……あ、説明しかしてなかったね。改めまして、俺は特務に所属している幡部晴彦だ。ホワイトジョーカーというヒーロー名で呼ばれている。今日から琴音さんの護衛をさせてもらうことになった」

「あ、はい。もう私の名前は知ってるようですけど、琴音朱美です。護衛、よろしくお願いします」

「ヒーロー名だと護衛の意味がないから、護衛中は名前で呼んでくれると助かる」

「はい、分かりました。幡部さん」

おお、女の子から名前を呼ばれるのってあまり記憶になかったな。

ヒーロー名で呼ばれるのとは違って新鮮味があるな。

「さんはいいよ、俺と琴音さん同い年だし」

「そうなんですか？　じゃあ幡部……君」

同じロリでも特務長と比べると年相応とでもいったらいいのか、うん。可愛《かわい》い。

こうして始まった琴音朱美の護衛任務だったが、任務は困難を極めた。

特務長も言っていたが、護衛と言っても危険が迫っているというわけでもなく、唯々《ただただ》平穏な日常が続いたのだ。

じゃあ何が困難なのかというと、俺は特務で同僚になる琴音と仲良くなろうと色々と頑張ったのだ。

だけどそのほとんどで失敗を繰り返していた。

例えば護衛としての頼《たよ》り甲斐《がい》や安心感を与えるために、彼女の身の回りを警戒した。

「琴音さん！　一人暮らしの女性がpantiesを安易に外干ししちゃだめだよ！」

「人の下着持って何言ってるんですか！　下着の発音だけネイティブなの止《や》めてください！」

琴音の護衛という観点から信頼を得ようとしたが失敗した。

「ていうか早く返してください！　ちょ、なんでそんな固く握りしめてるんですか！　皺《しわ》ができちゃう！」

例えば、ユーモア溢《あふ》れる日常会話をして友好を深めようとした。

「両手首を擦《こす》り合わせると摩擦の熱とかで柑橘系《かんきつけい》の匂いがするらしいですよー、特にレモンとかが多いみたいですー」

「そうなんですか……うーん、柑橘系の匂いは少しするのかな？」

「あ、そういえばさっき右の足裏に何か付いてたような？」

「え、嘘《うそ》？」

パシャ
「……え？」

例えば、よく本を読む琴音のために、雑学的な話とちょっとしたジョークを織り交ぜて話を振ってみたり。

「心霊映像とかの話ってあるだろ？　あれの大半が合成とかフラッシュに映り込んだ埃《ほこり》とか、光の屈折らしいんだよ」

「……それぐらい知ってますよ」

「あ、そうなんだ。俺って琴音さんの護衛中は窓とかベッドの下とか、タンスとかそういった所をよく警戒してるんだけど」

「いつもありがとうございます。ですけど、これとさっきのお話はどうつながるんです？」

「この間、琴音さんのベッドが微《かす》かに動いた気がしてさ。試しに買い物とかで部屋を空ける時にカメラを設置したんだけど、映像に手みたいなのが映ってたんだよ」

「……」

「ほら、これ見てみてよ。てあれ、おーい。琴音さーん」

「……今日」

「はい？」

「今日、一緒の部屋で、寝て……ください」

これは上手《うま》くいったな。その日は楽しかった。

例えばもうちょっと近しい関係を作るため、敬語からため口に変えてもらったり。

「琴音さん、ちょっとお願いがあるんでゲスが」

「ゲス？　えっと、なんでしょうか？」

「あ、いや。その……最近ですね、俺だけため口だと距離とか感じるというか、同僚にもなるわけで……。も、もう少し仲良くしたいなーって思ったりしまして」

「そういえばそうですね、といってても私の場合は癖になってるだけなんですよね」

「それで、できれば琴音さんもため口にしてもらいたいなーみたいな……。お願いします！」

「え!?　は、はい。そ、そうですよね、頑張ってみます……みる」

これも上手くいったな。まだ所々で敬語だったりするけど時間が解決してくれるだろう。

同僚になる女性の趣味嗜好を把握せねば！　と琴音がＰＣで調べ物をしている時なんかは声を掛けるようにした。

「……何を調べてるんだ？」

「わわわわわわ！　な、何でもない！　何でもないですから！」

「気になるなー、なんかの動画かな？　漏れてる光とか見てもかなり派手なジャンルに見えるね」

「どうしてそれだけの情報でそこまで推測できるのよ！　いいからあっち行ってて！」

それ以外にも色々俺なりに頑張ってみた。

そして数日後――

「……」

「……」

テレビ番組の明るい声が部屋に響くなか、俺と琴音の間に会話が発生することなく、無の壁が出来上がってしまっていた。

まずい、このままでは非常にまずい。

『それじゃあもう一回行ってみようか！』

『んなアホなこと言うなっちゅうねん！』

テレビから聞こえてくる陽気な声が、何故《なぜ》かこの部屋では薄暗いものに感じてしまう。

（もう、琴音さんとの距離が縮まることはないのだろうか……。ああ、初めての女性同僚とのコミュニケーションが……）

打つ手なし。これ以上俺にできることは思い浮かばず、この最悪な空気を職場まで持っていくことになるのだろうか。

『みんなもおいでよ！　オールグランドパーク！　ここにしかない体験を一緒に体感しよう！』

しかし、そんな俺に天啓が舞い降りた。

ちょうどテレビはコマーシャルに入ったところで、笑顔を振《ふ》り撒《ま》くお姉さんが映っている。

内容自体は可愛らしいマスコットが多種多様なアトラクションを堪能しているだけの映像だったが、それでもド派手な映像は子供にも分かりやすく〝楽しそう〟を伝えられるものだった。

「……」

正直アトラクションの映像を見せられても俺の琴線に触れることはなかった。ＰＦ能力を使った時の俺の方がもっとダイナミックだし、安全装置なしのバンジーだって余裕だ。

だが、琴音はそのコマーシャルを食い入るように見つめていた。

（これ、いけるのでは？）

「あ、あの。琴音さん？」

「……」

無視は酷《ひど》い。

もしかしたら聞こえてなかっただけかもしれないな、きっとそうだ。

「えっと、この遊園地。行きませんか？」

「──っ⁉」

今度は肩を大きく震わせるという分かりやすい反応が返ってくる。

「琴音さんの身の安全のためにあまり外には出ないで欲しいってのはこっちの都合だし、護衛が付いていれば問題ないと思うんです、はい」

「……いいの？」

なぜ問題がないかは自分で言ってても分からないが、こちらを窺《うかが》うように上目遣いをしてくる琴音は大変可愛かった。

まるで散歩ワードを聞いた時の犬のような反応だ。獣耳《ケモミミ》の幻影まで見えてきそうだ。

「も、勿論《もちろん》！　何だったら今から行く？」

「本当⁉　行きたい！」

そんなに行きたかったのか。護衛任務に入ってから初めて見るほどの嬉《うれ》しそうな表情を見せてくる。

可愛い女の子の嬉しそうな表情って破壊力高いな。ヤバイ、今なら何でもしてあげられそう。

「よっしゃ！　じゃあ準備したら出発だ！」

「お、おー！」

「それじゃあ準備できたら呼んでくれ、外で待ってるから」

今は余計なことを言わないに限る。どうも俺は失言が目立ってしまうみたいで、話を盛り上げようとしても失敗に終わっていた。

玄関で大人しく待っていると、十分も掛からずに琴音は身支度を済ませてやってきた。

「お待たせ」

「いや、結構早いんだな」

（女性の準備ってもっと時間が掛かるもんだと思ってたけど、俺とあんまり変わらないんだな）

余計なことを考えていると、琴音は何か不安そうな表情を見せる。

「そういえば、テレビでやってた遊園地って歩いていくには遠過ぎると思うんだけど」

（あ、なるほど。移動手段の心配をしてたんだな）

琴音は元大学生だが、大学が家から近いこともあって車や自転車の類《たぐい》は持ってないそうだ。車の免許自体は持ってるらしいが、免許を取って以降は一度も乗ってないと言っていた。

「それについては問題ない。超特急の足があるからな」

俺は自分の足を叩いてみせる。

「へー、やっぱりヒーロー専用の車とかがあるのかしら？」

「……」

俺は無言で自分の足を叩いてみせる。

「……まさか」

「……」

俺は笑顔で自分の足を叩いてみせた。


「きゃあああああああああ！」

「あっはっはっは！」

平常時と変わらない街中に、女性の悲鳴と男の高笑いが響いていた。

「は、離して！　っていうか下ろしてえええ！」

「あっはっはっはっは！」

俺は琴音をお姫様抱っこした状態で、民家の屋根を跳んでいた。

比喩ではなく、文字通り屋根から屋根、時たま電柱の上へとＰＦ能力による身体強化を惜しみなく使用し、車と殆《ほとん》ど変わらない速度で移動していた。

「死んじゃう！　落ちたら本当に死んじゃうう！」

「落ちないようにしっかりと抱き着いてくれ、できれば首周りにしがみつく感じでお願いします」

「その表現気持ち悪いから止《や》めて！」

だが、それでも地上数メートル、下手をすれば十メートルにも及ぶ高所の移動は、琴音にとっての優先順位を簡単に覆した。

叫びながらも琴音が首にしがみつく。

(いい匂い、そしてこの女性特有の柔らかさ……。控えめに言って最高！)

女性特有の甘い匂いが鼻腔《びこう》を刺激する。香水は付けていないのか、シャンプーの爽やかな匂いと合わせて、琴音自身の甘い匂いが絶妙にマッチしていた。

「ね、ねえ！　いつ、いつ着くの!?」

「もう少しだ、ほんの十分前後だな」

「まだ十分も残ってるの!?　もう歩いて行かない？　その方がいいと思う！」

「やだ」

こんな素晴らしい体験、次があるか分からないのだ。美少女に抱き着かれる(強制)状況をみすみす見放すわけにはいかない。

俺は更に身体強化を強め、移動速度を少し上げる。

「速くなった！　今絶対速くなった！」

「なってないです、気のせいです。おっと手が……」

「待って離さないで！　離したら本当に訴えるから！」

「分かった、俺は絶対に君を離さない！」

なんと、まさか琴音の方から離してほしくないというのか。意外と甘えん坊なのかもしれない。

俺はそっと琴音の体を抱きしめた。

「そうじゃない、さっきみたいなのでいいのよ！　キモイキモイキモイ！」

どうして優しく抱きしめてあげたのにここまで酷い言われ方をしなくてはいけないのだろうか。琴音の体を思って向き合うような抱っこの形にしたんだぞ。

「それよりも顔に琴音さんの髪が当たって邪魔なんだけど。めっちゃ口の中に入ってくる」

「きゃあああああ！　髪食べないでえええええ！」

（この子こんなキャラだっけ？　もっとクール系というか無表情キャラだったような気がするんだけど）

それから丁度十分後、俺達は件《くだん》の遊園地、オールグランドパークに到着した。

「もう、疲れた……」

到着したばかりだというのに、何故か琴音は激務を終えたサラリーマンのような表情を見せている。おい、帰ろうとするな。

「ほら、せっかく来た遊園地なんだから。楽しんでいこうぜ」

「どうして貴方《あなた》はそんなに元気なのよ」

そりゃ、普段から鍛えてますから。あれ以上のハードワークとか日常ですから。

疲れた表情から中々回復しない琴音を連れて、俺は遊園地に入場した。

「ま、まずは何処か休憩できる所に行きましょう」

入場してすぐ、琴音の要望でアトラクションは後回しになった。


「いきなり抱きかかえて飛び出すとか何考えてるの⁉」

オールグランドパーク限定ジュースを飲むことでようやく落ち着いた琴音だったが、落ち着いた途端に燻《くす》ぶっていた熱が膨れ上がったような表情でこちらを睨《にら》んでくる。

「思い立ったが吉日って言うだろ、行きたいと思ったら行く。遊びたいと思ったら遊ぶのが俺のモットーなの」

「なんて欲望に忠実なのかしら、だから女性の下着を見てあんな反応をするのね。さっきも移動中変なことしてきたし」

体を庇《かば》うようにして俺から少しでも離そうとのけぞるって、どんだけ気持ち悪がられてるんだよ。

「別に他意はない。単純にそうしたいからそうしただけだ、良い匂いだし柔らかかったぜ！」

「本当に気持ち悪いから止めて。前にも言ったわよね、次はないって」

「他意はないです、琴音さんに少しでも楽しんでもらおうと思ってるだけです」

「あら、それはありがとう。優しいのね」

琴音もこの数日間で慣れたのか、俺への対応が適当になってきている気がする。

あれ？　たった数日で慣れちゃうって、俺そんなに変なことしてたのか。

「ほ、ほら。今はそんなことはどうでもいいだろ？　せっかく来たんだから楽しもう」

「それもそうよね。せっかく優しい人が全部持ってくれる最高な日なんだから、楽しまないと」

いつの間にか全額負担することになっていた。

「いや、全部って……。まて、考えるんだ俺。こういう時に颯爽《さっそう》と金を出せるのが男らしいということなのか？」

「聞こえてるんだけど……。そういうのって思っても口に出さないのが男らしいんじゃないのかしら？」

おっと、思わず口に出てしまっていた。

「いやはや女性とこうして遊んだ経験も殆どないんだよ。だからここは是非とも奢《おご》らせてもらいますよ！」

こういうのってキャバクラの同伴とか言われるヤツなのだろうか。

そして俺はいつの間にか琴音にブランド物を大量に買わされるのか……琴音、恐ろしい子。

「……絶対変なこと考えてるでしょ、顔に出てるわよ」

「そんなに見つめられたら晴彦……恥ずかしい」

「はぁ」

琴音はジト目で俺を睨みながらも、いつの間にか持っていたパンフレットを広げ始めた。

「それじゃあ何処から行こうかしら。私としてはまずはバイキングとかがいいと思うのよね」

「何処でもいいと思ってしまう晴彦です。なので琴音さんにお任せします」

「何言ってるのよ、私一人で決めちゃったら面白くないいじゃない。こういうのは皆で決めるから楽しいのよ」

そう言って一度も見たことのない無邪気な笑顔を浮かべる琴音。

普段の無表情かつ淡々とした受け答えしかしてくれない彼女とは全く別の、純粋に可愛《かわい》らしい姿だった。

（こういう時、片方のノリが悪いと面白くなくなったりするよな）

「そうだな、じゃあ俺もバイキングからがいいかな。最初からジェットコースターとか乗ったら他が味気なくなりそうだしな」

無難そうな返事をしながら琴音の反応を窺《うかが》う。最初に聞かれた時素っ気なく返してしまった手前、いきなり意見を変えることに少し不安が残っていたからだ。

しかし、それは杞憂《きゆう》だったみたいで、琴音は弾《はじ》けたように笑みを強める。

「そう！　そうよね！　幡部くんもそう思うよね！」

どうしてか分からないが、テンションが上がりまくっている琴音が先導する形で、俺達はバイキングへと向かった。

「きゃあああああああああ！」

新しくオープンしたばかりの遊園地ということもあり、他のアトラクション同様バイキングにも多くの人が並んでいたが、一度に乗れる数が他のアトラクションよりも多いこともあり、想定していたよりも早く乗ることができた。

そしていよいよ今日初めてのアトラクションが始まったわけだが。

「きゃあああああああああ！」

俺の隣では琴音が黄色い悲鳴をこれでもかと上げていた。

この遊園地に来る時とは違い、アトラクションを楽しんでいるというのがよく分かる。

「きゃあああああああああ！」

一方の俺はといえば、悲鳴を上げることはなかった。

「……」

一往復目は耐えられた。二往復目で涙目になり。三往復目で気絶した俺は、琴音の悲鳴をＢＧＭに人形のように揺られ続けていた。

「はあああああ、楽しいわね！」

「う、うぷ……そ、それはよかうっぷ……」

おかしい。

ヒーローとして活動している時は、バイキングに揺られる以上の速度で前後左右に動けているはずなのに。

「さーて、次はどれに乗ろうかなー」

鼻歌交じりにパンフレットを広げる琴音。

どうして彼女はあれだけ楽しそうなのに、俺は顔面蒼白《そうはく》で前傾姿勢から離れられなくなっているんだ。

「よしっ！　じゃあ次はこれにしましょう！」

『ウルトラグレートバイキング！　貴方《あなた》は何周耐えられる⁉』

そう言って琴音が指し示したパンフレットに描かれていたのは、先ほどまで乗っていた
バイキングが縦に回転しているモノだった。

心が叫んでる。これに乗ってはいけないと……。

「ね！　行きましょ！」

俺の心境なんてお構いなしに屈託のない笑顔を向けてくる琴音。

ああ、いい笑顔……。

彼女の天使のような笑顔から解放されるまでの数時間は、ヒーローカリキュラムで受けた地獄の訓練を優に上回った。

「あー楽しかった！」

「……」

それから一頻《ひとしき》り絶叫アトラクションツアーを楽しんだ後、休憩と軽い昼食を取るために入店したレストランで琴音が満足そうに声を上げる。

クラシックな店内で微《かす》かに聞こえてくる音楽を聞きながら、琴音の対面に座る俺は精魂尽き果てたようにテーブルに突っ伏していた。

「もう、貴方ヒーローでしょ」

「いや、ヒーローとか関係ないし。どうして琴音さんが楽しそうなのかすげえ不思議なんだが」

彼女の言葉に、負けたような気がして思わず不貞腐《ふてくさ》れたように返してしまったが。琴音は何故《なぜ》か不思議そうな表情を見せる。

「でも、ここに連れてきてくれた時とか凄《すご》かったわよね。人一人抱えてあれだけ動けるなら、遊園地のアトラクションなんて大したことないでしょ？」

「俺もそう思ってたんだけどな、自分で動くのと全く感覚が違うんだよ。初めて遊園地に来たけど俺には向かないことが分かったよ」

「へえ、幡部君も初めてだったんだ」

意外そうに琴音はそう言うが、前世はモノクロ青春。今世はヒーローになるために施設入りをしてるのだ、単純に外のテーマパークとかで遊ぶ機会なんてなかった。

「PF能力に目覚めてからはそういった話はないな」

「ねえ、貴方のPF能力ってどういうものなの？」

琴音が興味津々という表情で聞いてくる。

ちなみに、そういうのは聞かないのが業界の暗黙のルールだったりする。

「俺のPF能力は説明が難しいな。教えられるのはここまで移動した時の身体能力とかかな、それにヒーローのPF能力を知っても琴音さんが狙われる理由が増えるだけだ。知らない方がいいよ」

「え、そうなの？」

「そりゃそうさ、PF能力は千差万別。能力者の数だけ色んな能力が存在する」

中でも琴音のように電子系と呼ばれるものは希少だ。それこそ国家規模で引く手数多《あまた》と言える。ヴィランにとってもそれは例外じゃない。

その辺を含めて琴音本人には顔合わせ時に伝えていたが、彼女自身実感があまりないのかもしれない。

「ヒーローはそのPF能力を駆使して活動する機関の構成員。だからヒーローのPF能力は秘匿されるのが常だ。大抵はバレるけどな」

「なるほどねー、ヒーローってもっと華々しいものだと思ってたけど、情報戦って言うのかしら？　そう聞くと軍隊のようね」

「まあな、それでもヒーローになりたかったし。PF能力の欲求とかを抑えるためには必要だったからな」

PF能力者にとって無視できない時限爆弾。人によっては大したことのない場合もあれば、俺のように欲求に従った瞬間ブタ箱決定な場合もある。

　そういった理由で他よりもヒーローカリキュラムを余計に受ける必要があった。引き換えに今世の青春時代は消えたけどな。

「その欲求って色々あるんでしょ？」

　不安そうな表情で琴音が聞いてくる。

　他の人に何を言われたのか分からないが、様子を見る限り少なくともプラスには伝わっていない様子だ。

「多分だけど、琴音さんが想像するよりも多いと思う。実際、似た欲求はあっても全く同じというのは聞いたことがない」

　極端な例になるが、靴紐《くつひも》を結びたいという欲求があったとしても、右足か左足か、結び方や結びたくなる紐の形状、色といったように細部が変わってくる。

「そうなんだ。それって何か検査とかで分かったりするのかしら」

「検査で特定できるもんでもない。人によっては細かい内容から大雑把《おおざっぱ》なモノ、それこそ腹いっぱい食べるといった単純なのもあるが、結局のところ個人の嗜好で片付けられたりする」

「じゃあ、実際にその欲求を自分で自覚するまで、自分がどんな欲求を持っているとか分からないってこと？」

「そういうことだ。だからといってそんな不安がるほどのモノじゃないけどな」

俺のように犯罪者まっしぐら系じゃなければ問題ないはずだ。

この場で幾ら言葉を尽くしたところで、結局彼女の不安を取り除くことができないのは分かっている。

今できることは彼女の不安を少しでも解消できるように、質問に答えるぐらいしかない。

「じゃ、じゃあ幡部君はどんな欲求なの？」

やっぱり聞きたくなるよな。

この場で素直に答えてもいいのだが、答えた結果昨日までの関係に逆戻りになってしまうのは確実だぞ。

「ちょっと人前で言うにはキツイ内容かな」

「あ……ごめんなさい。失礼なこと聞いちゃったわね」

「気にしないでくれ。一つ言わせてもらうが、ＰＦ能力者の欲求はその人自身の欲求じゃないこともある」

俺のは違うが。

「そうなの？」

「だからたとえ琴音さんの欲求がどんなモノであったとしても、気に病む必要はない。危険なモノや達成自体が難しいものだったら躊躇《ためら》わず、すぐに特務の人間に相談してくれると助かる」

「えっと……それはどうしてかしら」

少し真剣な表情で伝えたせいか、琴音が少し戸惑った様子で問いかけてくる。

「PF能力者の持つ欲求というのは普通じゃないんだ、言ってしまえば薬物などの中毒に近い」

「中毒っ……」

琴音が小さく息を吞《の》む。

決して冗談でも、大げさに言っているわけでもない。それほどまでにPF能力者の抱える爆弾というのは、常軌を逸している。

「PF能力者の欲求はある程度自分の意志で抑えることができる。だけど、抑え続けることは決してできない」

「もしも、抑え続けようとしたら？」

俺は首を横に振る。

覚悟や意志の問題ではない。決して人が生理現象を止めることができないように、三大欲求に抗《あらが》えないのと同じように、ＰＦ能力者は欲求に抗えない。

「抑えた分だけ欲求は強くなる。そしてダムに貯水の許容値があるように、抑え続けた欲求は理性の壁を必ず破壊する」

ＰＦ能力者が知るべき事実を伝えようとした時だった。

「動くなっ！」

女性の怒声とガラスが割れる音が店内に響き渡る。

壁際に座っている俺達からさほど遠くない位置にあるレジと店の入り口を塞ぐようにしている異様な格好に身を包んだ集団が見えた。

「たった今、この店はモラウ様によって掌握された！　怪我《けが》したくなかったら大人しくしてるんだな！」

集団は全員が黒い目出し帽を被《かぶ》り、手にはバットやゴルフクラブなどの鈍器が握られていた。

そんな中一人だけ目出し帽を被らず、最初の一声を放ったと思われる女性が一団の中で特徴的だった。

良いおっぱいだ。大きさで言えばシルヴィアより少し大きいくらいか？　琴音もあれぐらい大きくなってくれればなぁ、ってそうじゃない！

「何かのアトラクションかしら」

「琴音さん、こっちに来て」

遊園地ということもあり、よくある演出と思われているのか、困惑した表情を見せる店員以外は突然の出来事に呆然《ぼうぜん》と、もしくは期待した視線を向けていた。

俺は小声で伝えるが、返答を待たずに強引に琴音の手を引っ張り、抱きかかえるようにして隠す。

「きゃっ！　い、いきなり何を——」

「ヴィランだ」

「——っ!?」

最初は顔を赤くして怒っていた琴音の表情が、驚愕《きょうがく》に変わる。

「ど、どうして分かったの？」

「これでもヒーローだ、近辺で活動しているヴィランの情報は記憶してる」

「じゃあどうするのよ、貴方《あなた》ヒーローでしょ」

「だが奴《やつ》らの目的が分からない。ただ金を取りに来てるなら良いが、目的が琴音だった場合が危ない」

淡々と言った俺の言葉に、腕の中で小さくなっている琴音の体が固くなるのが分かった。

そりゃそうだ。ヴィランを初めて見て、しかもそれが自分を狙っているかもしれないと言われて緊張しない人はいないだろう。

「そんな怖がらなくても大丈夫だ。ヴィランと言っても、俺が普段相手にしてる連中と比べれば小物も良いところだからな」

「そ、そうなの？」

資料で見た限り、モラウと名乗るヴィランは、この間戦ったシルヴィア達と比べてかなり弱い。

一応、モラウとその一団は過激派に分類されているが、やっていることはゴロツキと変わらない。

「しかも、あの集団の中でＰＦ能力者はモラウだけだ。それ以外はただの人間だし、真正面からやり合っても負ける気はしない」

俺の言葉に少し安心したのか、琴音の全身に入っていた力が少しだけ緩んだ。

「まずは奴らの狙いが何なのか、それによって対応を変えるつもりだから今は落ち着いて、奴らに怪しまれないように平静を装ってくれ」

「わ、わかった」

十中八九琴音が狙いではないと思うが、万が一を考えて俺は琴音を隠すように抱きかかえたまま、モラウに視線を向けた。

「まずレジに入ってる金をこの袋に詰めるんだ！」

「は、はいっ！」

モラウの怒声に、レジ打ちをしていた店員が慌てた様子でレジを開ける。

店員が袋に金を入れていく様を見て、モラウは笑みを浮かべた。

ここに来てようやく店内にいる客も目の前にいる集団がただの演出などではなく、本当の強盗ということに気が付き始めたようだった。

「ママー」

「静かに！」

中には子供の口を塞ぐ客も現れ、伝染するように店内の空気が冷たくなっていくのが分かった。

「さっすが姐《あね》さん！　こんなにも上手《うま》くいくとは思わなかったですぜ！」

「オープンしたばかりの遊園地なら、俺達みたいなのが来た時のマニュアルとかも中途半端だなんて普通気付かないぜ！」

口を開いた目出し帽に続くようにして、一団のメンバーが次々に口を開く。

「俺達みたいなバカとはちげえ！　姐さんは天才だからな！」

「まったくだぜ！　見た目もスタイルも良い！」

「その上俺達みたいな奴にも優しい！」

「おれあ一生姐さんに付いいてくぜ！」

……なんかめっちゃべた褒めされてる。

俺がそんなことを思っている間にも、一団は口々にモラウを姐さんと呼び、賛辞の声を上げ続ける。

「……」

急に始まった一団の褒め殺し大会に、モラウは我関せずの態度を見せる。

（いや、ちょっと顔赤くなってる）

心なしか口元も緩んでいるように見える。

「でも本当にすげえよな、姐さんはどうしてこんな作戦をポンポン思いつくんだ？」

「ばっかだなおめえは。姐さんは昔テーマパークでバイトしてたんだよ。確か路上でゲリラパフォーマンスをしてたんだったかな」

「あ、それ俺も聞いたことある」

「ちな、俺はその時から姐さんの追っかけしてたぜ！　ほら、そん時の姐さんの写真だ」

「うっは！　おめえマジもんじゃねえか！」

「うおー！　今のクールビューティな姐さんも良いが、こんな可愛《かわい》い笑顔の姐さんも新鮮だぜ！」

「……」

お、おい。お前らの話を聞いて姐さんが汗を拭う振りしながら顔を隠し始めちゃったじゃないか。

「昔っから姐さんの追っかけってお前やべえな」

「バカ野郎！　この時の姐さんはな、遊園地の店員さん内でも超有名だったんだぞ！」

「さすが姐さんだ！」

その内容は姐さん的にクリティカルだったらしく、話題が出た瞬間には店の隅っこにしゃがみこんでしまった。

「ちなみに、姐さんのドジっ子ランキングというのがあってだな……」

「ふんっ！」

「ぎんぶぅ！」

更に口を開こうとした姐さん追っかけの目出し帽だったが、耐えきれなくなったモラウによる強烈な一撃を受けて口封じされてしまった。

ランキングちょっと気になる。

「そのドジっ子ランキング気になるわね……」

琴音もそう思うのか。

しかし、これは良くない流れだ。

モラウ達の間抜けなやりとりのせいで、店内を覆っていた空気に温度が戻り始めていた。

「ねえママ、あのおじさん達変だねー」

「し、しー！」

緊張が緩んだせいか、子供の無邪気な言葉がいやによく響いた。

「あ？　今ふざけたこと抜かした奴はどいつだ！」

「俺らをバカにするとはいい度胸じゃねえか！」

当然子供の声はモラウ達にも聞こえており、目出し帽の男達が怒りを抑えることなく声を荒らげる。

「そこのガキだろ、俺らを変とか抜かしやがったの」

「おーおー、お兄さん達の何処《どこ》が変なのか教えてもらおうじゃねえか！」

「い、いえ。違うんです、さ、さっき見てたアニメの話で……。ね、そうだよね？」

母親が慌てて取り繕うが、子供は自分の身に危険が迫っているとは考えもしなかった。

「ちがうよ！　おじさんたちが変だから、変だって言ったんだよ！」

無邪気に言い放った子供の言葉で、さっきまでの比ではないほどに店の空気が重くなる。

目出し帽で表情が分かりづらいはずなのに、男達の怒気が明確に感じ取れてしまった琴音が、慌てた様子で口を開いた。

「あ、あの子が危ないよ。ね、ねえ、幡部君ならどうにかできるんでしょ。あの子を助けてあげてよ！」

「任せろ！　琴音は頭を低くして隠れていてくれ、そして俺がいいと言うまで顔を絶対に上げないように！」

俺はあたりを見回して、壁に掛けてあった遊園地のマスコットの可愛らしいマスクを取る。

「……」

だが返事がなかったことに疑問を持った俺は、視線を琴音に向ける。

琴音は俺の方を見ていた。だけど視界に俺が映っていないのか、琴音の視線は少し遠くを見ているようだった。

「もしも危険を感じたら迷わず俺の名前を呼んでくれ……。大丈夫、俺が絶対に守るから」

少しでも安心させるように目線を合わせ、肩に両手を置いたところで琴音がようやく反応を見せる。

「……わ、分かった。絶対に顔を上げない」

少しのぼせたような歯切れの悪い返答だったが、しっかりと顔を伏せてくれた。

よかった、こっから先の光景を琴音に見せるわけにはいかないからな。

琴音が顔を伏せたことを確認した俺は——着ていた服に手を掛けた。


『あの子を助けてあげてよ！』

なんて無責任な言葉だろう。

彼が動かなかったのは私が原因なのに、自分ではどうすることもできないという身勝手な我儘《わがまま》で彼を動かしてしまった。

そんな我儘を受け入れてくれた、私を守るためにいるはずだったヒーロー。

暗い視界の中で、私の目を真っすぐに見据えた彼の顔が浮かび上がる。

『絶対に守るから』

あの時の言葉を思い出した途端に、顔が熱を帯びてしまう。いや、顔だけじゃない。

彼が触れた肩、男の人の硬くて大きな手。肩に掛かった重みと感じられた力強さ。

考えるたびに、思い出すたびに心臓の鼓動が加速してしまう。

初めての感覚だった。お腹《なか》の奥が締め付けられたような、自分の体ではないような得体の知れないモノが駆け巡った。

ただの変態だと思ってた。適当なことを言うチャランポランに見えた。

「お前達全員そこを動くな！」

「くっ⁉」

「な、なんだお前は！」

「姐さん！」

遠くで彼とヴィラン達の声が聞こえてきた。

暗い世界で音だけの情報でも、ヴィラン達が焦っているのが分かった。

彼はたった一人で、あれだけの数のヴィラン達を相手にしているのに、私はこうして顔を隠していることしかできない。

「くそっ！　なんだこいつ！」

「知るか！　さっさと姐さんをあの変態野郎から引きはがすぞ！」

「動くなといったはずだ！　お前達の頭目がこの女だということは知っている！」

私はなんて情けないのだろう。

仮に力があったとしても、彼のように立ち回れただろうか。見えていないはずの彼の姿が目に映った。

「あいつの格好は何なんだ！」

「俺の格好は気にするな、ただのファッションだ」

「気になるわボケぇ！」

ん？　彼の格好は普通だったと思うけど。むしろヴィラン達の格好の方が変だったはず。もしかしたら変装してるのかもしれない、顔を知られないように。

「そのマスクを外しやがれ変態野郎！」

やっぱりそうだ。

「これもファッションだ、ワンポイントというやつだ」

「ワンポイントどころの話じゃねえだろ変態野郎！」

あれ、さっきから彼はどうして変態と言われているんだろう。想像していたのとは少し違うやり取りに疑問が浮かび始める。

「さっさと私を離しなさいよ、この変態！」

「嫌なこった！　ぶわっはっはっは！　むむ、貴様いい匂いがするな」

「きゃあああああ！　匂いを嗅ぐなあ！」

「こんの変態野郎！　姐さんを放しやがれ！」

……すごい気になる。

でもだめだ、彼がいいと言うまで私は顔を伏せておかなければ。彼がこうして私の我儘を聞き入れて命を張っているのに、こんな簡単なことも守れないでどうする。

「誰か助けてええええ！」

「ちくしょう！　こっちには人質がいるんだぞ！」

「そ、そうだ。人質がどうなってもいいのか！」

「俺が人質を気にするような男だと思うなよ！」

私の思いを否定するような彼の言葉に、私は耐えることができずに顔を上げてしまった。

そして、私は顔を上げたことを後悔した。

「ちょっと！　幡部君なに、を……」

顔を上げてヴィラン達の方を見るが、そこに彼の姿はなかった。

代わりにいたのは、黒のボクサーパンツ以外の衣類を身に纏わず、遊園地の可愛いマスコットのマスクで顔を隠した変態。

そして、変態に羽交い絞めされている女ヴィラン、モラウの姿だった。

「くっそ！　離しなさいよ変態野郎！　この私を誰だと思ってるのよ！」

「知らんな！　たまたま見目麗しい女性を見かけたから来た、ただの変態だ！」

「こいつ自分で変態って言いやがったぞ！」

「やばい！　アイツ姐《あね》さんを褒めやがった！」

「え、あ。その……」

「やめろおお！　姐さんはピュアなんだ、図書館で好きな人と手が触れ合うことを夢見るぐらい純粋な人なんだ！」

「褒められたら照れて本気にしちまうだろうが！」

目の前の光景に私の高まった体温が急激に下がっていく。

ふとあたりを見回すが彼の姿は見えない、いったいどこに行ったのだろう。

「ふはははは！　おっと暴れちゃあ困るな、手が滑っちまうだろ？」

「わ、私のむ、むむむむ⁉　ど、どどどどどこ触ってんのよ！」

「うあああああああ！」

「お、俺らの姐さんを汚《けが》さねえでくれえ……」

「地獄の果てまで追いかけて殺してやる！」

「だから暴れるなって言ってるだろ、っと。おぉ良い大きさだ、すばらしきかな」

彼の姿が見つからなかった私は、彼に今の状況を伝えるべく携帯を取り出して電話を掛ける。

数秒待つと携帯の着信音が聞こえてきた。音の出所は私が座っていたテーブルの向かい側、彼が座っていた場所からだった。

「こんな変態に胸を揉まれてしまった……私、もうお嫁にいけない……」

「ダメだ！　姐さんがショックを受けて落ち込んじまった！」

「安心しろ、俺だって覚悟してる。貰《もら》い手《て》がいなかったら俺が責任を取る！」

「適当なこと抜かしてんじゃねえ変態野郎！」

「え、ほ、ほんと？　私、よごれちゃってるのよ？」

「汚れてなんかないさ、今も凄《すご》く綺麗《きれい》だ」

「……きゅん」

「あねさあああああああん！」

向かいの席には今日彼が着ていたはずの衣類が脱ぎ捨てられていた。ズボンのポケットからは先ほどから鳴り続けていた彼の携帯が見えた。

出る人のいない携帯は鳴り続けていてうるさかったので、彼の携帯に電話を掛けるのを止《や》めると、目の前でうるさく鳴り続けていた携帯も静かになる。

「ふぅ……」

小さく深呼吸をした後、私は少し前と同じ様に顔を伏せた。


「ふう、とりあえず一件落着だな」

モラウ達と対峙《たいじ》した俺は、どうにか周りへの被害を出さないで鎮圧することに成功した。

服を脱いだせいで携帯がなかった俺は、店員のお姉さんに事情を説明して警察を呼んでもらうことでモラウ一団は連行されていった。

店員さんに話しかけた時、かなり挙動不審というか視線を逸《そ》らされまくったのはもしかしたら、あれだけの人数を一人で鎮圧した俺に惚《ほ》れてしまったのかもしれない。

……まったく、俺も罪な男だぜ。後で電話番号を聞き出さねば……あダメだ、それでは俺の正体がバレてしまう！

くそぉ……これがヒーローの悲しき定めなのか……。

後始末を終えた俺は周りに気付かれないように着替えを済ませると、約束通りに顔を伏せている琴音に話しかけた。

「とりあえず奴《やつ》らは警察に連れていかれたから、もう大丈夫だぞ」

「……」

俺の言葉にゆっくりと顔を上げた琴音の表情は固いままだった。仕方のないことだ、ヴィランを見たのは初めてだったはずだ。

少しでも彼女の緊張を解こうと肩に手を伸ばす。

「……」

伸ばした手を琴音が無言で避《よ》ける。

「あ、あれ？　琴音さん？」

「……はい」

おかしい。少し前までと違い、今の琴音はまるで機械のように無表情だった。ようやく発した声も感情というものが抜け落ちたかのようだった。

「俺、何かしでかしてしまいましたか？」

思わず敬語になってしまった。

「いえ、ヴィラン達も無事捕まったようで安心です」

「そう、だね。それで色々あったけどこの後どうする？」

「そうですね、今日は本当に色々あったので疲れました。帰りましょう」

琴音は淡々と答えると俺の返答を待たずに歩き始めてしまう。

帰りも抱えて行こうとすると軽快なステップで回避されてしまい、タクシーで帰ることになった。

タクシーに乗っている間も琴音は終始無言で、真っ先に助手席に座ってしまったため、表情を窺《うかが》うこともできなかった。

俺は一体何をやらかしてしまったのだろうか。そんなことを延々と考えていた俺だったが、その答えはアパートに到着してから判明した。

「そこに正座してください」

アパートに着くなり、俺に向かって琴音が冷たく言い放つ。

有無も言わさぬ琴音の態度に、今ここで逆らってはいけないという生物本能が働いた俺は大人しく正座した。

「説明してください」

「あのー、説明というのは……」

普段は身長差から見下ろしているはずなのに、正座をさせられてしまったことで立場が逆転してしまっていた。

まるで道端に転がる汚物を見るような琴音の視線に、俺は弱々しい声で質問の真意を聞いた。

「私は、貴方《あなた》に、ヒーローとして助けてくださいと言いました。実際、貴方は被害を出すことなくモラウ達を捕まえてくれました。それには本当に感謝しています」

一体全体何を言われるのかと警戒していたが、琴音から伝えられた内容に拍子抜けしてしまった。

「ま、まあ。琴音さんに言われた言葉がなければ、な。だから──」

「ですが」

感謝してるのはこちらの方だ、と続けようとした言葉を遮るように、琴音が声を荒らげる。

「どうしてヒーローの貴方が、あんな、あんな格好でヴィランと戦っていたんですか！」

やべ、見られてた！

ここに来てようやく、俺は琴音がどうして不機嫌だったのか。その理由を知った。

そりゃそうだ、助けを求めた相手がパンツとマスクだけという変態装備でヴィランと戦っていた光景を見てしまったのだ。

と、とりあえず弁明しないと。

「ち、違うんだ！　あれは、その……し、仕方なかったんだ！」

絞り出すように言った言葉に、今まで見たことのないほどに琴音の表情が歪《ゆが》む。

「へぇ……」

冷たい視線を向けたまま話を続けろとばかりに琴音が顎をしゃくる。

「まず、服を脱いだのもマスクを被《かぶ》ってたのも、琴音と一緒にいた俺の情報を相手に渡さないためだったんだ」

「え、それって」

想像していたのとは違う回答だったのか、さっきまでのゴミを見るような目つきが一変して小さく見開かれた。

「あの時言った通り、あの場で最悪の事態は俺と君との関わりがバレること。そして俺の弱点、琴音さんや店内の人が人質として有効だと思われることだった」

別に嘘《うそ》は言っていない。実際に変装手段がなければ手を打つにもできることが限られていた。

というのは建前で本当の理由は別にあったけど、それをわざわざ伝える必要はないだろう。伝えたら本当に一生話してくれなそうだし。

「だからあの時変なことばっかり言ってたの？」

「え？　あ、ああ……そうだよ」

「なるほど。私、貴方《あなた》を誤解してたみたい」

琴音がどのことを言っているのか分からなかったが、慌てて肯定した俺に納得した様子を見せたので、とりあえずはこのまま話を進めてしまおう。

残っているのはモラウのおっぱいを揉《も》んだりした行動の正当化だ。

「モラウ一団の中でPF能力者はモラウ本人だけだった。つまりアイツを抑えれば他のメンバーの制圧は容易だと考えた」

「なるほど」

ここまで説明した状態での琴音の反応はかなり良好なものとなっていた。

むしろ当初疑っていたことの反動か、申し訳なさそうな表情まで見せていた。

もう一押しだ。

「モラウが想定以上に暴れたのは誤算だったな。胸を触ってしまったし彼女には悪いことをしたと思ってるよ」

嘘を吐《つ》く時、つつかれて欲しくないところは敢《あ》えてさらけ出していくと案外上手《うま》くいく。

胸の話題を出した瞬間、琴音は自分の慎《つつ》ましやかな一部に視線を向けていた。

(諦めろ、琴音に成長の見込みはない。というよりもロリ巨乳ってバランス悪いだろ)

「今、何か言ったかしら？」

「まさか。それよりも、琴音さんが不機嫌になっていた問題はこれで解消できたか？」

「……大丈夫、ごめんなさい。貴方を疑ってしまっていたわ」

申し訳ないという表情で琴音が頭を下げる。ごめん、全部建前なんで頭を下げないでください。

「それじゃあ、琴音さんの疑念も解消できたことだし、ご飯でも食べようか」

「……さん付けしなくていいわよ。たまに素の感じ出ちゃってるし、貴方も面倒でしょ」

おお、なんと。琴音がここまで心を開いてくれたとは思わなかった。

何でもない風を装っているが、ほのかに顔が赤くなっているところからも、彼女なりに歩み寄ってくれたようで嬉しかった。

「なら、俺のことも君付けしなくていいよ。できれば苗字《みょうじ》じゃなくて名前で呼んで欲しいな、というか女の子に名前で呼んで欲しい」

「そ、そう？　じゃあ、その。は、晴彦……」

あれ、思っていたのと違う反応。

「お、おう……なんか照れるな」

ダメだ、美少女耐性がこの数日で付いたと思っていたが全然だった。

いや、同い年の美少女から名前呼びとか夢だったし。え？　特務長なら頼めば名前で呼んでくれるだろ？　あの人はほら……ね？

「い、いやぁそれにしても誤解が解けて良かった良かった！　琴音との距離も縮まったし、合法的にモラウのおっぱいも揉めたし、今日は大収穫だ！」

「……は？」

「ん？　…………あ、い、言っちゃった……。てへっ」

まったく、晴彦のバカバカ！　このお口が悪いんだぞ、どうしてこんな子に育っちゃったのかしら。お母さん悲しい！

「……」

「あ、あの琴音……さん？」

「話しかけないで、クズ変態」

琴音との距離を戻すのにまた悪戦苦闘の日々が始まった。

## 2章　シルヴィア再び

二度目の失言からどうにか琴音《ことね》との関係を良好なものに戻すことができたある日。

「え⁉　ですが今は護衛任務中ですよ？」

特務長から来た一本の電話の内容に、俺は驚きの声を隠すことができなかった。

『そうなんだけどね。この間君が相手をしたシルヴィアとパイモン、両ヴィランがジョーカー君達の近くに現れた。現在特務のヒーローが対応しているところだけど、状況はかなり劣勢。近くにいた特務以外のヒーローもみーんなやられてしまっていてね』

「ど、どういうことですか⁉」

『ジョーカー君が戦った時よりも、彼女達の脅威度が高まっているみたいでね。使用している武器もこの間のとは違うと報告も上がっている。現状、すぐに対応できるのは君だけなんだよジョーカー君』

ヒーローと呼ばれる存在の数は多い。

だがヒーローと呼ばれてはいても、ヴィランに対して特化したヒーローの名を挙げるのなら、全体の半数にも満たない。

　だからといってヒーローの手が足りていないわけではない、平常時であれば対象地域のヒーローがヴィランと戦い平和を守っている。そんなプロのヒーロー達ですらたった二人のヴィランに負けてしまったということに、俺は驚愕《きようがく》した。

「でも、俺がシルヴィア達と戦ってからまだ一月も経《た》っていません！　特務長も俺の報告を知っているでしょう⁉」

『知っているとも。だからこそ現場のヒーローとソニック君だけで対応できると踏んでいた。これは私の失策といえるね』

　思わず声を荒らげてしまう俺とは対照的に、特務長は冷静さを保っていた。

「すみません。声を荒らげてしまいました」

　淡々と事実を確かめるような特務長の口振りに、俺も気持ちをどうにか落ち着ける。

『良いんだよジョーカー君。君の考えも感情も正しいのだからね。だけど今は私の失策を追及したり、感情的に動くよりも為《な》すべきことがある』

　普段とは少し違う、責任を負う人間の放つ重圧が、電話越しでも伝わる。

「はい」

　自然と声に力が入る。そうだ、今は感情的になっている場合じゃない。

『我々に求められるのはたった一つ、少しでも早い事態の収拾だ。そして私が切れるカー

ド は現状、君しかない』

一度シルヴィア達を追い詰めて退けた俺なら、たとえ相手が以前より強くなっていても対処できる可能性があるということだろう。

俺もそれは分かっている。だから反論する意志はないが懸念すべき事案があった。

「俺は現在、琴音朱美《あけみ》の護衛任務に付いています。護衛対象から離れるわけにはいきません」

『それについては問題ない、すぐに代わりの護衛を付かせる。君は出現したヴィランの対処に当たってくれ』

もしも俺がいない間に琴音が他のヴィランに襲われてしまえば目も当てられない。

自分以外の誰かが琴音の護衛に付くことに、少しだけ胸のあたりがざわつくが、これ以上話をしていても事態が好転しないのは明白だった。

「分かりました。これからすぐに現場に向かいます」

『済まない。ジョーカー君の端末に情報を送る。君なら大丈夫だと思うけど、気を付けるんだよ』

先ほどまで重い空気を出していた特務長らしい言葉が最後のところでなくなり、ただ部下を心配する様子が垣間見《かいまみ》えた。

特務長の優しさを感じて思わず口の端が上がる。

「任せてください。ちゃちゃっと終わらせてきますよ」

通信を終えた俺は不安そうな表情を浮かべている琴音に視線を向ける。

「すまない、緊急の用件ができた」

「話はここからでもある程度聞こえていたから大丈夫よ」

申し訳ないという表情を浮かべる俺に、琴音は気にした様子も見せずに答える。

「そりゃこの体勢なら聞こえてるよな」

「まあ、こんな体勢だし」

特務長との電話の最中、俺は土下座をしていた。

「というか琴音さん？　そろそろ頭から足をどけてはもらえませんか？」

そして俺の頭には琴音の足が乗せられていた。

「嫌よ、そんなことを言ってるってことは反省してないってことじゃない」

「めっちゃ反省してる、物凄《ものすご》く反省してるので……」

「反省してるならさっさとその手に持ってるモノを渡しなさい」

琴音はそう言うと無理やり俺の手からブツを取り上げようとする。

必死の抵抗も虚《むな》しく、ブツは琴音に取り上げられてしまう。

「今日で何回目かしら？」

俺から取り上げたパンツを手にして、琴音が冷たく言い放つ。

「返せ！　俺のだ！」

「私のよ！」

「し、仕方がなかったんだ！　そんな窓の近くに干してたら外から丸見えになってしまう。だから俺がこうして保護を……」

「だ・か・ら！　そう言って私の下着を盗んだのは何回目よ！」

「じゃなかった……えっと、その……。ほ、ほら……代わりに俺のパンツをやるから、な？」

「なにが代わりによ⁉　そんな汚いもの要らないわよ！　ってちょっとなに脱ごうとしてるのよこの変態！」

「変態じゃない！　それに琴音だって、男の頭を踏むとかどうなんだよ！　いいのか⁉　スカートの中とか丸見えだぞ？　花柄の可愛《かわい》らしいヤツが見えてるぞ⁉　今日も良いパンツですね！」

「きゃあああ！　見ないでよ変態！」

顔面に琴音の足が容赦なく叩《たた》き込まれた。

琴音に蹴られた後、滅茶苦茶《めちゃくちゃ》謝ってどうにか許してもらった俺はアパートを後にするための準備をしていた。

「代理の護衛を特務長が派遣してくれる。何かあったらそいつらを頼ってくれ。俺もヴィラン達を捕まえたらすぐに戻ってくるから」

「あっそ……」

琴音がどうでもいいとばかりに明後日の方向を向く。いや、少しは興味持ってくれない？　一応これから体張ってくるんだよ？

「……ねえ、電話で話してたヴィランってあの遊園地で捕まえたモラウ達よりも強いの？」

「……強いだろうな。でも、一度戦ったこともあるし無闇に人を傷つけるような連中じゃないはずだ」

シルヴィア達との戦闘後、特務に保管されている彼女達の経歴を確認してみたが、彼女達が強盗や殺人を行ったという記録はなく、決まって他のヴィランかヒーローとの戦闘だけが記録されていた。

「そんなことはどうでもいいの」

琴音が何時《いつ》になく硬い声音で口を開いた。

いや、民間人に被害が出ないって結構重要な要素だと思うんですよ、琴音さん。

「本当に大丈夫なの？　もしも怪我《けが》とかしたらどうするの？」

「怪我？　そりゃヴィランと戦うわけだし、怪我とかは当たり前だけど」

前回なんか大剣だったしな、怪我で済めば御の字だ。

「そうなんだ……ま、貴方《あなた》なら何されてもピンピンしてそうよね」

「人をゴキブリみたいに言うなよ。部屋の隅からこんにちはしてやるぞ？」

「ちょっと想像しちゃったじゃない……夢に出てきそうで嫌なんだけど」

「なんだと⁉　それはいけない、安心しろ！　俺が一緒に寝てやるからな！」

「それじゃ正夢じゃない……。いいから早く行きなさいよ、緊急なんでしょ？」

おかしい、この数日間で琴音の信頼は勝ち取っていたはずなのに、どうして琴音は冷たいんだ？

「ん～、どうしてだ？」

だめだ、琴音の髪の匂いを嗅ぎながら考えても答えが見つからない。

ああ、めっちゃサラサラだし良い匂い。

「あと一度でも触ったり、匂いを嗅いだらさっき電話してた人に本当に言うから」

「バカめ！　うちの上司ならもっとやれと俺の背を押してくれるだろうよ！」

笑顔で親指を立てる特務長の姿が容易に想像できてしまった。

「はぁ、本当に特務って貴方みたいな人しかいないの？」

「むしろ俺は特務でかなりまともな部類だったりする」

性癖は知らないけど、人格で見れば俺が一番まともだな。うん。

「特務って本当に公的機関なの？」

公的機関だぞ。ちょっとアレな人達の巣窟なだけだぞ。

「とにかく、私の髪には一切触らないで！」

「えぇ〜。そんな殺生な。琴音の髪ってサラサラだし滅茶苦茶良い匂いするんだぞ……」

俺の髪は太いし硬いからな、同じ人間の髪とは思えないほどだ。できることなら一日中触っていたい。

本心から言った俺に、琴音が心底気持ち悪いものを見るような視線を向けてくる。

「好きでもない異性から言われると本当に気持ち悪いのね。ほら早く行きなさいよ」

「はいはい、ヴィラン退治に行きますよー」

準備の最後として、ポケットにハンカチ代わりの薄い布を入れると、琴音のアパートを後にした。

「ポケットに入れた私の下着を元の位置に戻しなさい」

「……はい」

俺は琴音のアパートを颯爽《さっそう》と後にした。


ヴィランのシルヴィアとパイモンが現れた場所は元々自動車のパーツ工場だったが、近年の不況と内部告発などで放棄され、今ではただの鉄くずの山と変わり果てた場所だった。

「クソッ！　アイツら強過ぎんだろ！」

そんな廃工場で男が悪態をつく。青を基調としたヒーロースーツを身に纏った男の前には、対照的に余裕の態度で立つ二人の女性がいた。

「ねえシルヴィア、この人弱過ぎない？」

全身をマントで隠した小柄なヴィラン、パイモンがシルヴィアにわざとらしい口調で話しかける。

「そんなのどうでもいいわよ、私達はドクターの実験で来てるだけなんだから」

ジョーカーと戦っていた時に使っていた大剣ではなく、刀のような武器の調子を確かめながらシルヴィアが淡々と答える。

「畜生、余裕こいてくれるじゃねえか」

「だって実際余裕だしー。悔しかったら僕達に一撃でも攻撃を当ててみてから言ってよね」

ヒーローが憎々し気にパイモンを睨《にら》む。だがそんなヒーローを嘲笑《あざわら》うようにパイモンがテンポよくステップを踏む。明らかな挑発を前に、足止めとして派遣された特務のヒーロー、ソニックは静かに思考を回転させ続ける。

(応援はすぐに来る。俺はそれまで粘って情報の収集ってな)

頭の中で負け惜しみのように呟《つぶや》くが、ソニックは既に膝をついた状態でこれ以上戦うことは難しかった。

単身でも強い二人を相手に一人で戦っている状況から、ソニックは勝てないことを察していた。加速系のPF能力を持つ彼は最初こそ両者を翻弄して戦えていたが、次第に対応されるようになり、ついには戦闘開始時の状況を覆されてしまっていた。

「それじゃ、今日の実験は終わりということで」

パイモンのマントから微《かす》かに見える口元が吊《つ》り上がる。

右手を突き出すとそこに紫色のエネルギーが溜《た》まっていく。

「僕のPF能力ってかなり便利だから、殺さずに気絶させるぐらいの威力調節は簡単なんだよね。だから安心して?」

「ははっ、マジかよ」

ソニックが乾いた声を絞り出すのとほぼ同時に、パイモンがエネルギー弾を撃ち放つ。

気絶させるだけと言ったエネルギー弾が眼前に迫る。

「畜生ッ……」

「お待たせしました！」

しかし、ヒーロースーツを着た俺が迫りくるエネルギー弾を弾《はじ》く。

「お前、マジでおせぇって」

「すみません、ソニックさん。ここからは俺に任せてください」

シルヴィア達とソニックの間を割るように立つ。

「退避を、と言いたいところですけど。動けそうですか？」

「見て分からないか？　この足を見て行けると思ったなら、この状態で移動するお手本を見せてくれ」

もはや立つ力さえ出ない様子の足を見せながら、ソニックが皮肉を言う。

うん、膝がぷるっぷるですね。

「応援します！　ふぁいっとぅー」

「お前から先にやってやろうか！　ああん!?」

とは言いつつもソニックはしっかりと退避することができた。

「攻撃せずに待っていてくれてありがとうな」

ソニックが見えなくなるまで動かなかったシルヴィアとパイモンに礼をするが、二人は呆《あき》れたような表情を見せる。

「ジョーカーって律儀だよね。僕、ヒーローにお礼言われたの初めてだよ」

「どうでもいいわよ、元々の目的はヒーローを殺すことでも倒すことでもないし。むしろ貴方にリベンジできる機会が早く来て嬉しいわ」

パイモンは相変わらずオーバーなリアクションを取り、シルヴィアは戦意を隠そうともせず、刀を構える。

「さーて、やっちゃいますか！」

「この間のようにはいかないわよ」

「掛かってこい！　今回はしっかりと触らせてもらうぞ！」

この間は数回のパイタッチだけだったからな、今日は思う存分……グへへ。

なぜか俺に向けられている視線が冷たくなった気がした。

「ねえ、こんな時でもそういう考えってどうなのよ。貴方の頭はそれしかないの？」

「アハハ、ジョーカー面白いね！」

「関係ない！　俺はシルヴィアのおっぱいを揉みたいんだ！」

ただ真っすぐにシルヴィアの胸元だけに視線を向けて、堂々と宣言するとシルヴィアは胸を庇《かば》うようにして鋭い視線を向けてくる。

「やっぱり貴方だけは殺さないといけないようね」

以前の戦闘を思い出したのか、シルヴィアから向けられる視線に殺意が混じる。どうやら本気で怒らせてしまったようだが、それでも胸から視線は外すことはなかった。

そしてお互いの戦意？　が高まり、戦いが始まろうとしたその時。

「ふっふっふっ、獲物はシルヴィアだけでいいのかな？」

不敵なパイモンの言葉が両者の間を遮る。

わざとらしい笑い声を上げるパイモンに、俺だけではなくシルヴィアでさえも訝《いぶか》しむように視線を向ける。

「シルヴィアと並ぶほどの可愛さを持つこの僕を見逃すなんて言語道断だよ！」

今まで正体を隠していたマントを勢いよく脱ぎ去る。どうしてこのタイミングなのかという突っ込みの視線を受けながら、パイモンは自身の姿を晒《さら》す。

「こ、これは……!?」

肩に届かない程度に短く切られた白髪はシルヴィアと同じ色をしているが、皮膚の薄いオレンジ色は健康的で活発な印象を与える。目元はコンタクトなのか分からないが、空のような蒼色《あおいろ》をしている。

挑発的な笑みを浮かべる様子は、想像していた通り元気で活発な少女だった。

しかしマントに隠されていた服装だけは想像と違っており、無駄に肩やお腹《なか》、そして太ももを隠さない服装が幼い見た目とのバランスを崩していた。

どうだと言わんばかりに胸を張るパイモン。確かに最初はあらわになった姿に驚いたが、パイモンの一部の部位を見た後の視線はシルヴィアへと移っていった。

「ちょ、ちょちょ！　満を持してのお披露目《ひろめ》だよ⁉　もっとほら、ものすっごく可愛《かわい》い僕をよく見てよ！」

確かにパイモンは美少女という表現しかできないほどだ。でもなー、それって特務長や琴音にも言えることだし。

パイモンと同じ属性を持つキャラが身近にいる俺にとっては、これといった目新しさが感じられないのだ。

というよりも、実際のところパイモンは琴音や特務長以上に幼く見える。シルヴィア派のマイセンサーが反応しないのだから仕方ない。

「いや俺、ロリっ子は守備範囲外。生物学的にもっと優良物件になってから出直してこい。サンプルは隣のお姉さんを参考にしような」

ため息交じりに言い放った言葉に、パイモンは隣に立つシルヴィアに視線を向ける。

「な、なによ？」

パイモンから向けられる意味深な視線に、シルヴィアは思わず警戒するように自身の体を両手で庇う。

「シルヴィアはいいよね」

「変なこと言わないでよ。どうしてあんな変態の言うことを真に受けるのよ」

「僕と同い年なのに、現実は残酷だよね」

「パイモンの方が若く見えていいじゃない」

「じゃあ、もしも今からお互いの体が今後入れ替わるとしたら。シルヴィアは私と体を交換してくれる？」

「……い、いいわよ。別に」

「ふーん」

ヒーローとヴィランが同じ空間にいる状況で繰り広げられるには疑問しかないやり取りが行われる。事の発端は俺なのだが、せっかくの美少女美女の絡みを邪魔するわけにはいかない。

「女性の魅力は人それぞれだと俺も思うぞ」

仕方ないので助け舟を出してみるが、元凶の言葉が相手に届くはずもなくシルヴィアに思いっきり睨まれてしまった。

「余計なこと言わないで。元はと言えば貴方《あなた》が変なことを言うからじゃない。責任取ってパイモンの相手しなさいよ」

パイモンの視線と口撃から逃げるため、シルヴィアが矛先を変えようとパイモンの背中を押して一歩前に出させる。

こちらとしては守備範囲外でもあるため、どう対応するべきかと思考を巡らせるが、背中を押されたパイモンは慌てたように声を上げた。

「仲間売ってどうするのさ！　僕は別にそういう意味で落ち込んでるわけじゃないからね⁉」

「さっきも言った通り俺の守備範囲外だ。今度そっちに興味ありそうな奴《やつ》連れてくるから」

「だからちっっっっがう！　僕はシルヴィアと同じ大人！　大人の女性なの！　身体的特徴だけ持ち出したその言い方が僕は気に入らないんだよ！」

もはや悲痛な叫びとなった言葉に、俺は雷に打たれたような衝撃を受けた。

俺はなんて奴なんだ、男として最低じゃないか！　俺は自分の愚かな考えを打ち破ってくれたパイモンに優しい笑みを見せる。

「分かった、俺が間違っていたんだ。男として責任を取ろうじゃないか！」

「どうしてそうなるの⁉」

「俺が悪かった。これからはシルヴィアだけじゃなく、パイモンも同じ目で見る！」

「違うって……ヒィッ！　な、なんでゆっくり近づいてくるのさ……こないで、こないでー！」

「パイモン？　折角《せっかく》向こうから来てくれるのに。逃げるなんて失礼じゃない」

「ヒャァァ！　は、離してよシルヴィア！　僕こんなになるなら守備範囲外でいいから！興味持たないでー！」

逃げようとするパイモンだったが、シルヴィアが後ろから羽交い絞めで拘束する。パイモンは必死に抵抗するが、身体能力はシルヴィアに軍配が上がっているようだった。

その間も俺はパイモンを怖がらせないように一歩一歩、ゆっくりと歩を進めた。

目に涙を浮かべて震えてしまっているじゃないか。安心しろ、俺が優しく包み込んでやるぞ。

「はっはっはっはっ！　安心しろ！　さあ、こい！」

パイモンの目の前まで近づいた俺は手を広げて飛び込んで来いの構えを取る。

さあ来い！　俺が受け止めてやる！

「馬鹿ね、嘘《うそ》に決まってるじゃない」

瞬間、全身を襲う寒気に俺は本能的に後ろに下がった。

俺の目の前をシルヴィアの刀が通り過ぎていったのは、俺が下がってすぐだった。

「これも避《よ》けられるのね、自信なくしちゃうじゃない」

「冗談抜きに死ぬ一秒前だったぞ……ッ」

地面に落ちる自分の数本の髪の毛を前に、俺は更にシルヴィア達から距離を離す。

「ごめんなさい、パイモン。貴方をダシにしてしまって……」

「う、ううん。シルヴィアがあんなことしないって、信じてるから……ところでなんだけど、ジョーカーを罠《わな》にはめるってどうして僕に教えてくれなかったの？」

シルヴィアが自分を売ったわけではないと知り、パイモンの表情が明るくなっていく。

少し泣いてしまったため未《いま》だに目は潤んでいるが、表情には確かな安堵《あんど》が見えた。

笑顔で放たれたパイモンからの質問にシルヴィアはすぐに答えることはなく、明後日の方向を向いてしまいその表情も窺《うかが》うことができなかった。

「あれ？　シルヴィアー。僕の話聞いてる？」

疑問に思ったパイモンがシルヴィアを呼ぶが、それにも反応する素振りを見せない。その様子にパイモンがハッと何かに気付いた様子を見せると、途端にジトリとした視線をシルヴィアに向ける。

「もしかして、面白がってた？」

「……いいえ、そんなこと、あるわけないじゃない」

ようやく返事をしたシルヴィアの声は、心なしか震えていた。

「さ、もうおふざけの時間はお終《しま》い。乙女の純情を汚す悪漢に正義の裁きを与えるわよ！」

顔を反らしている間に気を引き締めたのか、シルヴィアが高らかに声を上げる。

「誤魔化《ごまか》されないからね。後できっちり問い詰めるから」

「というか、俺ヒーローなんだけど。んでもって君らヴィランなんだけど……」

既に戦闘状態に入っているはずなのだが、状況を知らない第三者が見たら首を傾《かし》げる状況だった。

だが――

（来るっ！）

パイモンを残して俺とシルヴィアの姿が爆音と同時に消える。

高速で接近、そしてそのまま振りかぶるシルヴィアの攻撃に合わせるようにして、強く握り込んだ拳をぶつける。

「前より速いな」

「何時《いつ》までそんなふうに上から物を言えるかしらね！」

前の戦闘で使っていた大剣とは違い、シルヴィアが使用しているのは細長い刀だった。

たった一度の打ち合いで分かるほどに、大剣の時とは攻撃の速度も精度も違っていた。

だが、それ以上に純粋なパワーが前の比ではないことに内心毒づく。

（ちっ！　得物は軽いのになんてパワーだ）

「前よりも力が弱くなったんじゃない⁉」

シルヴィアは挑発的な笑みを浮かべる。前の戦闘から相当根に持っていたようだった。

息つく間もなく、シルヴィアは刀を縦横無尽に振り回す。振りかぶった刀を力で無理やり止め、その状態から返すように切り返したりと、技術的な隙を力で埋めるように刀を振るう。

迫りくる無数の攻撃を俺はギリギリの間隔で回避していく。

（速《はえ》え⁉）

「ホラホラホラホラア！」

「……」

反撃する姿勢を見せない俺を前に、シルヴィアは更に攻撃の手を増やしていく。

嵐のような攻撃の中、俺は一点だけを見据え続けた。

「避けるしかできないのかしらあ！」

右に振るってバイン。

「そらあ！」

左に振るってプルン。

目の前で激しく揺れるおっぱいに、俺の意識は集中していた。

「ふむ、やはり激しく揺れる様を間近で見られることの素晴らしさよ」

「だから何処《どこ》見てんのよ!!」

俺の行動の真意に気付いたシルヴィアが鬼の形相で刀を大きく振りかぶる。

「そこだ！」

だが、感情によって生まれた隙を見逃さず、大きく振りかぶった状態のシルヴィアの体を俺の拳が正確に打ち抜く。

「うっぐぅ！」

拳が当たる瞬間。シルヴィアが衝撃に耐えるように全身に力を込めたのが分かった。甘いな、俺の狙いはそこじゃない。

むにゅ。

「……」

激しい衝撃と打撃音の代わりに柔らかい音が聞こえてくる気がした。俺の拳は狙い通りにシルヴィアの谷間へと吸い込まれていた。

左右からの柔らかい圧迫感と、肌に張り付くほどの伸縮性を持った生地から、手に高い熱を感じる。

「おういえ……ぶべらっち!?」

シルヴィアの回し蹴りが正確に脇腹を捉える。

急な攻撃に備えることができず、蹴られた方向に真っすぐに吹き飛ぶ。

「ふーっ！　ふーっ！」

「し、シルヴィア落ち着いてー！」

「どいて！　私は今からソイツの首を落としに行くの！」

脇腹の痛みに耐えていると、獣のような息遣いで迫ろうとするシルヴィアが見えた。なにあれ、超怖い。

頑張れパイモン！　今その獣を解き放ったら地獄を見るぞ！　主に俺が！

「ちょっとジョーカー！　謝って！　シルヴィアに謝って！」

そうだった、痛みに悶《もだ》えてる場合じゃない、早く謝罪をしないと本当に殺される！

未だに残る痛みを無視して俺は思いっきり頭を下げて謝罪した。

「ご、ごめんなさい！　滅茶苦茶《めちゃくちゃ》柔らかくてすっげえ良かったです！」

「何で油を注ぐかなあ！」

「死ねえええええ！」

ええ⁉　謝ったじゃん⁉

このままではやばいと更に弁明を続けようとしたが間に合わなかった。鬼を縛る最後の鎖が解き放たれ、真っすぐに突撃してきた。

最初とは比較にならない速さで振るわれる刀を前に、体裁も何もない全力の回避行動を取ることでどうにか回避する。

「死ね！　死ね！　死んじゃえ！」

「死なん！　生きる！　そしてもう一回揉ませてくれぇ！」

死ぬ、マジで死ぬう！

冗談では済まされない軌道を描く攻撃を、俺はなりふり構わず避け続ける。

「避けるんじゃないわよ！」

「いや、だ、だから。当たったら、し、死んじゃうってえ！」

避けるたびに加速していくシルヴィアの攻撃が止《や》むまでの時間はまるで永遠のように感じられた。

「隙ありパイタッチ！　ヘイ！」

「あああああああ！」

「あれ？　もしかしてジョーカー結構余裕ある感じ？」

「あ、ちょ、今切れた！　少し切れたよ!?」


「アイツ、何なのよ……」

「よしよーし、大丈夫だからねー」

それから数分。俺は生き残ることができた。

パイモンのもとで地面にへたり込み、膝を抱えてしまうシルヴィア。

「ま、マジで死ぬ……女の人、怖い……」

シルヴィアの様子から攻撃の意識が完全にないことが分かった俺は、力なく地面に大の字に倒れる。

「どうしてあれで避けられるのよ、おかしいじゃない」

「そうだねーおかしいねー」

「アイツは変態なのよ、世紀の大変態よ」

「そうだねー大変態だねー」

「おい待て、おかしいだろ。こっちは命狙われてたんだぞ」

「うっさい死ね、早く死んじゃえ」

「そうだねー死んじゃえだよねー」

泣いているとさえ思えるような声のシルヴィアと、定型文のように答えるパイモン。友達の家で喧嘩《けんか》した彼氏の悪口を延々と吐き続けているような光景に、自分が悪いのではないかと思い始めてしまう。

「ほらシルヴィア、一人でやるからダメなんだよ。今度は僕も一緒に戦ってあげるから元気だしてよ」

「うん、分かったわ」

何時《いつ》までも続いて欲しかった女子会だったが、そんなに長くは続かなかった。

パイモンが慰めるように口にした言葉に、俺は飛び跳ねるように起き上がる。また何時斬りかかられるか分からず全身に力が入る。

ズボンに付いた砂を落としながらシルヴィアがゆっくりと立ち上がり、地面に突き刺していた刀を引き抜く。え、本当にまだやる気なの？

「おいおい、マジで続ける気か？」

これ以上戦ったっていいことないよ？

「ざーんねん。女の子の胸を触ったなら責任取る覚悟を持たないとね」

「もちろん責任はしっかりと取る、だけどそちらの方の視線が物凄《ものすご》く怖いんです」

「大丈夫、シルヴィアも落ち着いたし、少し痛い目を見れば許してくれるよ。土下座すれば頭踏んづけるだけで解決するかもよ？」

「それ本当？」

「本当本当」

そう言って見せたパイモンの笑顔に、俺は空から垂らされた救いの糸を見た。

争いなんてよくないよね。

「ねーシルヴィアー」

「殺してやる」

「だめじゃねーか！」

無情にもシルヴィアの殺意は一切の衰えを見せず、むしろ一度落ち着いたことで殺意の鋭さが増しているようにも思えた。

「アハハ、残念。乙女の傷は簡単には消えないってことだね」

「変な希望持たせるなよ！」

一切詫《わ》びる姿勢を見せないパイモンに思いっきり吠《ほ》える。

「じゃあ、僕はやるつもりなかったけど、丁度いいからこれの実験も兼ねてやらせてもらおうかな」

ポケットから銀色の腕輪を二つ取り出し、パイモンは自分の両腕にそれぞれ通す。

ん？　なんで君もやる気出してるの？

「戦う前に聞かせてくれ。実験ってなんだ、そもそも何が目的なんだ」

別に今更情報収集がしたいわけじゃなかった。ただ単純に時間稼ぎのためにそれっぽい質問を投げただけだ。

頼む！　さっきまでのように饒舌《じょうぜつ》にぺらぺらと喋《しゃべ》ってくれ！

「ちょっとは自分で考えてみるんだ、ねっ！」

ダメじゃん、時間稼ぎもできないじゃん……。

パイモンが右腕を俺に向けて突き出す。

突き出された腕に紫色のエネルギーが収束していく。

パイモンの声と同時に発射されたエネルギー弾が無情にも迫る。

（軽い攻撃、なわけないよな！）

パイモンの攻撃に対抗するように俺は拳に力を籠《こ》め、全力で突き出す。

振るわれた拳とエネルギー弾が衝突すると、エネルギー弾のあまりの威力に俺は驚愕《きょうがく》した。

滅茶苦茶な威力じゃん、聞いてないよ……だけど。

「なめんじゃねえ！」

あまりの威力に驚いたが、ここで力負けしてはパイモン達を調子に乗せるだけなのは分かっていた。

掛け声と同時に無理やり拳を振り切ることで、どうにかエネルギー弾を消し飛ばすことに成功したが、未《いま》だに手に残るエネルギー弾の威力は、今のままではまともに何度も受けること自体危険だと理解するには十分だった。

「二対一だし、せっかくだから教えてあげるよ、僕のPF能力はもっと別のだけど、このエネルギー弾みたいなのを発射することだって思ってもらっていいよ」

「ふん、私は身体能力の強化系とだけ教えてあげるわ」

突然パイモン達が自身のPF能力の一部を明かす。PF能力者にとって自身のPF能力を明かす行為はタブーとされている。

理由は単純で、PF能力の内容を知られれば当然対策もされやすくなる。だからこそ、シルヴィアの言ったような単純な強化系以外は秘匿されるのが常だった。

「舐《な》められたもんだね。俺もそこまで言われて黙っているわけにはいかねえじゃねえか」

確かに劣勢。

それ故の挑発。

分かり切っていたヴィラン達の行動に、珍しく俺の中でやる気スイッチがオンになった。

「お、やっと能力を使ってくれるのかな？」

「やっとね、というよりも今まで能力を使わずに私達とやり合ってたなんて、普通に考えても異常ね」

「何とでも言うがいいさ、こっからの俺は本気だ。俺のPF能力は便宜上〝展開型強化系〟だ、発動にはキーワードを使う」

あくまでヴィランが勝手に自身のPF能力を明かしただけ。俺がそれに合わせる必要はなく、本来であれば自身のPF能力は黙ったまま戦うべきだ。

だが、それではつまらない。

せっかくバトル漫画のような世界で、自分だけの力を持っているのに自慢をせずにどうする。

「知ってるか？　ヒーローがヴィランと戦う時に言うカッコいいセリフがあるんだぜ？」

体の中にある力に意識を向けると、体中に漲《みなぎ》るＰＦが爆発したように膨れ上がる。

ヒーローが戦う時のお約束のセリフ、劣勢と呼べる局面をひっくり返すにはこれほど適切な言葉はないだろう。

「〝変身〟」

体が強い光を放ち、力の漲る感覚が全身を包む。

「クッ⁉」

「何これ⁉」

ＰＦ能力による先制攻撃。シルヴィア達は咄嗟《とっさ》にそう判断し、いつでも対応できるように能力を発動させる。

だが、強く放たれた光以外に何かが起こることはなく、その光も次第に収まっていくだけだった。

拍子抜けした様子を見せる二人の前に、光の中心から姿を見せる。

「言っただろ、展開型の強化系。キーワードはあくまで発動条件、能力単体に攻撃的なものは何一つない」

「「……」」

光から出てきた俺は先ほどまでの姿から一変していた。

俺の姿を見た二人の時間が一瞬にして停止する。ふっふっふ、どうやら衝撃のあまり声が出ないようだな。

「かかってこいヴィラン、正義の鉄槌《てっつい》を食らわせてやる！」

こっからが本番だ！

声を張り上げて戦闘態勢に入る。だが、シルヴィア達は微動だにしない。

もしかしたらという疑念が浮かぶが、今は戦闘中。余計なことを考えていることはないはずだ。

「お、おい。どうしたんだ、かかってこないなら俺から行くぞ？」

「「へ……」」

「へ？」

「「変態だあああああ！」」

だが、勢い込んだ俺の気持ちを裏切るほどの悲鳴が二人から発せられた。

いや、言われなくても分かってるよ。だって自分の力だし、知らないわけないじゃん。

変身後の今の俺は、全身を真っ白なぴっちりタイツで足のつま先から頭のテッペンまでを完璧に覆っている。そして機能的問題か、唯一目元、そして鼻から口までのところだけが肌を露出していた。

装甲の類《たぐい》はなく、飾りの一つもない全身タイツ人間状態こそが今の俺だった。

「……」

……見た目は変質者かもしれないけどさ、だからってそんなハッキリと言う必要あるかな。

いや、まだいけるはず。こっからシリアスバトルに持っていけばいいだけじゃないか。

どうにか取り繕った真面目な雰囲気を保ったまま一歩前に出る。

「キャー！　変態がこっちに来るー！」

「こっちに来ないで変態！　警察呼ぶわよ！」

「……」

あ、だめだ。涙が出そう。

「あ、貴方《あなた》って本当に変態だったのね……ぷっ」

「あっはっはっは！　笑っちゃダメだよシルヴィア、だってジョーカーが能力使った後の顔見たでしょ？　滅茶苦茶《めちゃくちゃ》決め顔してたんだから！」

「ふ、ふふ……パイモンだって笑ってるじゃない。もう、どっちがヒーローか分からなくなっちゃったわよ」

「もーだめだよ、こんな一発芸をここで見せるなんて。ジョーカーってまさしくピエロ！

って感じじゃん。あっはっはっはっ！」

シルヴィアとパイモンが俺を笑いものにする光景が続いた。どこの世界に、変身したヒーローがここまで貶《けな》される話が存在するだろうか。

堪えるように体が小さく震え始める。

「お……俺だってなぁ……」

我慢の限界だった。

「す、好きでこんな格好になったんじゃないんだ……本当は、も、もっとかっこいい姿だったはずなんだ……どうしてだよ……」

ヴィランといえど外見的には美女と美少女に、変態と罵られ続けた俺はとうとう膝を抱えて座り込んでしまう。

笑いものにしていたシルヴィア達も気まずそうな表情を浮かべる。

重い空気にパイモンが言葉を選びながら口を開いた。

「え、えっとぉ。その能力って、強いんでしょ？」

「つええよ。滅茶苦茶つえぇよ。なのに、こんな見た目じゃただの変態だよな……」

強いなんてものじゃない、俺のＰＦ能力はただ見た目が変化するだけの能力ではない。

ヒーローの変身にふさわしいだけの力のはずなんだ。

無意味だと分かっていても、輝かしき過去の自分を思い出さずにはいられなかった。

「うわっ、思った以上に根が深いよこれ。シルヴィア、どうしよう？」

「知らないわよ。勝手に能力を使ったと思ったら変態が出てきて、さらに今度は膝を抱えて動かなくなるなんて。本当にヒーローなのか疑問になってきたぐらいよ」

（なんでそんなひどいこと言えるの？　あ、貴方そういえばヴィランでしたね、はい）

「変態」「ヒーローなのか」と自分の根底を否定するようなシルヴィアの言葉に、更にふさぎ込んでしまう。

外界を強固に拒絶する俺の姿に、パイモンの強い視線がシルヴィアに向けられる。

「な、なによ？」

「シルヴィアー、そういうのって良くないと思うなー。そういう無責任な言葉が、相手を傷つけるんだよ？」

「だからなんで私が悪いみたいな流れなのよ！」

「いじめって、本人は自覚がないってよく言うじゃん？　あれだよ、あれ」

流石《さすが》にシルヴィアも今の状況に気まずさを感じたのか、俺の方にチラチラと視線を向けてくる。

「俺の能力さ、本当はもっとかっこいいんだぜ？　周りの人が見た時なんか、まさしくヒーローみたいな能力だって、めっちゃ褒められたんだ……」

今の姿は本当の姿じゃない、本当の姿はかっこいいんだ。それこそ前世で思い描いたかっこいいヒーローみたいに。

膝を抱えたままの状態で顔だけを上に向ける。自身の気持ちとは対照的に、空は綺麗だった。

「突然だったんだ……気が付いたらこんな姿になっちまってよ……。周りからの視線が手の平を返したように冷たいものになっていったんだ」

あの時は辛《つら》かった。特に特務の人間は性格破綻者が多かったから反応も顕著だった。

そんな中、特務長やミスターハンマーを始めとした、良識持ちの人が慰めてくれたのはいい思い出だ。

「ちょちょ、ちょっとシルヴィア、なんか自分語り始めちゃったよ⁉」

うるせえ、自分語りぐらいさせろよ。

「もう！　だから何なのよ！　見た目とかそんなのどうでもいいじゃない！　強くなったなら戦いなさいよ！」

いや、さっきまでその見た目で大爆笑してたじゃん。どうして刀を向けながらそんなこと言えるの？

「良いよな、そんなかっこいい武器持っててさ。俺、変身すると装備とか全部異空間に行っちまうから武器とか持てないんだよなぁ」

「シルヴィア！　どうしてジョーカーをいじめるようなことばかりするのさ！」

「私はどうしたらいいのよ！　今のは絶対関係ないでしょ！」

もはや戦う意思を見せない俺の姿に、パイモンもシルヴィアも困惑し続けていた。だが、突然パイモンが思いついたように手を叩く。

「そうだ、おっぱい！」

「……………え？」

……………ん？　おっぺえ？

パイモンがいきなりおっぱい発言をしたことに、シルヴィアはとうとうパイモンまで精神を病んでしまったのかと引いた声を出してしまう。

「ねージョーカー！」

しかしパイモンの表情は真剣だった。真剣に心を痛めている俺を救おうとする気持ちが見えた。

なるほどね、変態な俺ならそういう安直なもので釣れると思ったのね。

「変態に何か用か？」

そんな安い餌に釣られる俺ではない。

「シルヴィアがおっぱい揉《も》んでもいいってさ！」

「ちょ、ちょっとおおお⁉」

突然自分の胸を売られたことに、シルヴィアが慌てたようにパイモンの口を塞ごうとするが、パイモンはヒラリと身を返してシルヴィアの手から逃れてしまう。

「……なんだと？」

そして、パイモンの言葉に強く反応したのはシルヴィアだけではない。

パイモンの言葉に今まで遠くを見つめていた視線をシルヴィアに向ける。いや、シルヴィアの胸を一点に見続ける。

本当に揉んでいいんですか？　嘘《うそ》だったら泣くぞ？

静かに、そして強い意志を持った視線に、シルヴィアの体が後ずさりする。

「揉んでも、いいのか？」

「ただしっ！　正々堂々真正面から戦うのが条件だよ！　勿論《もちろん》僕も戦うから二対一だけど、文句ないよね？　だって、シルヴィアのおっぱいが揉めるんだよ⁉」

「揉める……シルヴィアのおっぺぇが、揉める……」

ありがとうパイモン、そしてありがとうシルヴィア。もう一度頑張れそうだよ。

地面を踏みしめるように力を込めて、ゆっくりと立ち上がる。

「じょ、冗談よね⁉」

いきなり仲間から自分のおっぱいを差し出されたことに、シルヴィアが困惑した表情をパイモンに向ける。

パイモンはそんな視線を遮るようにシルヴィアから顔を背ける。

「だってー、僕のさっきのあれとかもあるしー」

不貞腐《ふてくさ》れたように口をとがらせるパイモン。その様子にまさかとシルヴィアは表情を歪《ゆが》める。

「あ、あれはアイツをおびき寄せるための作戦だったのよ、本当よ⁉　貴方をあんな変態に渡すわけないじゃない！」

え、これも嘘なの？　嘘だったら俺なにしでかすか分からないよ？　ヴィランになっちゃうよ？

パイモンが慌てふためくシルヴィアに顔を近づけ、俺に聞こえないほどの小声で話し始める。

え、今度は目の前で陰口とか言うの？　鬼？　鬼なの？

「シルヴィアも合わせて。このままじゃシルヴィアも不完全燃焼でしょ？」

シルヴィアは一瞬大きな声を上げそうになったが、パイモンの視線に慌てて声を潜めて反論する。

「だからって私の胸はないでしょ!?　何か他のモノでもよかったじゃない！」

「無理だよー、ジョーカーがおっぱい以外に反応するものなんて知らないもん。それに、触られたくなければシルヴィアがジョーカーに勝てばいいだけなんだから、問題ないよ」

「それでも万が一ってこともあるでしょ!?」

「今回は僕も参戦するから。万が一もないって！」

穏やかな胸を張って宣言するパイモンに、シルヴィアはそれ以上の言葉が出てこなかった。

それ以上言ってしまえばそれはパイモンを信用していないのと同義であり、仲間を信用していないなんて口が裂けても言えることではなかった。

結果的にシルヴィアはパイモンにそれ以上の反論もできず、引き下がるしかなかった。

「大丈夫だって。僕も直接の戦闘ではシルヴィアに負けるけど、弱いわけじゃないんだから」

「分かってるわよ……はぁ、もういいわ。要は私がアイツをぼっこぼこにすれば解決するわけだし」

パイモンの言葉に、シルヴィアは覚悟を決めたような表情を見せる。

「な、なあ。それでさっきの話なんだが、ほ、本当にいいのか？」

二人でコソコソと話していた内容は聞き取れなかったが、密談の結果さっきの夢のような提案が無下にされることだけは避けたかった。

慌てて声を掛ける。

「勿論だよ！　よおし！　第二ラウンドといこうじゃないか！　ジョーカー！」

よ、よかった。これでやっぱ嘘とか言われたらマジで闇墜ち二秒前だった。だが、これで大義名分を得たのだ。

思う存分揉ませてもらおうじゃないか！

「見た目が変態になったからって、私達に勝てると思わないことね？」

好戦的な笑みを浮かべる二人を前に、俺の戦意も最高潮まで高まっていた。

「おっぺぇ……シルヴィアのおっぺぇ……」

「なんか、戦う以前に本当にやばい奴《やつ》に見えるわよ？」

「ちょ、ちょっと挑発し過ぎちゃったかな？　ま、まあ戦いが始まればいい感じになるでしょ！」

戦意？　が最高潮に昇っている俺の姿に、シルヴィア達は姿勢を低くしていつでも対応できるように構える。

変身後の漲ってくる力と欲望を前にした俺は、その高揚感と共にゆっくりと近づいていく。

「パイモン、気を付けて。何時《いつ》仕掛けてくるか分からないわよ」

「うん！」

シルヴィアとパイモンが最大限に警戒を強めるが、今の俺を捉えられると思うなよ？

ゆったりとした動きから全身に力を込めて急速に加速する。

「ッ!? ジョーカーが消えた!?」

「後ろよ!!」

パイモンの後ろに高速で回り込もうとする。が、シルヴィアが刀を振るうことで牽制《けんせい》されてしまう。

「――ッ!?」

しゃがむことで刀を避《よ》けた状態でシルヴィアと視線が交差する。

「避けて！」

パイモンが無数のエネルギー弾でしゃがんだ状態の俺に追撃を加える。

眼前に迫る無数のエネルギー弾を、全身に力を込めて受け止める。

「おっぱい……」

巨大な破壊音がマシンガンのように響く中で、呟《つぶや》く。

手加減の感じられない痛みが全身を包む。だが、己の欲望のために、体を動かす。

頭の中に痛みに対する感情はなく、あるのはただシルヴィアのおっぱいだけだった。

「し、シルヴィア！」

「ええ、大丈夫よ」

エネルギー弾の濁流を真正面から突き破るように、一歩、また一歩と足を進める。

「も、もうだめっ！」

パイモンの叫ぶ声が聞こえるのと同時に、全身に浴びていた弾幕が止《や》む。

開けた視界の先には求めてやまない秘宝があった。もはや我慢の限界。

全身に力を込めてシルヴィアへ向かって飛び出す。

「おっぱいは俺のもんだあああ！」

「煩《うるさ》いわよ変態！」

欲望のまま真っすぐ向かっていく俺に、待ち構えていたシルヴィアが勢いよく刀を振り下ろす。

眼前で振り下ろされる刀を見ても、おっぱいを前にした俺の思考が乱れることはなかった。

今の俺ならいける。

腕を交差するようにしてシルヴィアの刀を受け止める。

ガキンッ——

「なっ⁉」

「うっそお⁉」

白タイツに覆われた腕と刀が衝突するには些《いささ》か甲高い音が響く。

「シルヴィア‼」

「ハッ⁉　しまっ！」

あまりに予想外な結果に、シルヴィアの反応が遅れる。

欲望だけに従った俺はその結果に目もくれず、さらに前へと踏み出す。

「おっぱいいいいいいい！」

俺は叫び声を上げながら刀を振り払い、そのままシルヴィアの胸に向かってダイブする。

ボフン。

それは男達に勇気を与える魔法の言葉。

それは男達を漢《おとこ》にする神秘。

顔をシルヴィアの胸の谷間に埋《うず》めるようにして、俺はヴァルハラに飛び込んだ。

「あいおぉ……」

胸に顔を埋めた状態で上手《うま》くしゃべれず、ただの嗚咽《おえつ》のような声が漏れる。

最初に感じたのは体温。無理矢理《むりやり》押し付けた無法者を優しく受け止めてくれる柔らかさに、俺の中の何かが浄化されていく感覚はこの世のものではないと言えた。

数拍。

「いやあああああああああ！」

シルヴィアが叫びを上げた。

「は、離れなさい！　離れて！　離れろお！」

「いいって言っちゃった僕も僕だけどさ！　それはやり過ぎだよジョーカー！　本当にヒーローなの⁉」

全身に鳥肌を立たせたシルヴィアが叫びながら全力で引き剝がそうとする。

遅れてパイモンも引き剝がそうと、引っ張る。

ふざけるな！　この楽園は俺のものだ！　何人《なんぴと》たりとも邪魔させやしない！

「嫌だ！　こんなに柔らかいおっぱいなんだ！　もっと埋めてたいんだあ！」

二人分の力で引っ張られたことにより、胸に埋めていた顔が少しだけ浮く。

外気に触れた顔から今しがた感じていた熱が消えていく。

ああ、嫌だ！

この温《ぬく》もりだけは失いたくない！

「正々堂々戦うって言ったでしょ！　これのどこが戦いなのさ！」

「知るか！　おっぱいってのはすげえんだぞ！　柔らかいし温かいし、滅茶苦茶《めちゃくちゃ》良い匂いするし、俺はここに住むんだ！」

それは魂からの叫びだった。

子供が冬のベッドから出られないように、安らぎを奪われる恐怖に俺は嘆いた。

「住めるわけないでしょ！　さっさと出ていきなさい！」

叫ぶだけ叫びまた谷間に顔を埋めようとしたところで、我慢の限界に達したシルヴィアが刀を構える。

「もういいや！　やっちゃえシルヴィア！」

パイモンの投げやりな言葉に呼応するように、シルヴィアが力任せに刀を振るう。

力任せとはいえ至近距離で振るわれれば狙う必要もなく、差し出している状態の首に刀が吸い込まれていく。

振るわれた刀は俺の首に微かな痛みを残して、腕の時同様甲高い金属音と共に弾《はじ》かれる。

「うわっ！」

首の痛みに慌ててシルヴィアから離れる。

「なんで首からあんな音が出るのよ！」

「まるで全身金属製みたいだね。もしかしてあの白タイツがそうなのかな？」

痛みのおかげで冷えた頭で自分のしでかしたことを冷静に思い返した。

「ハッ!?　やり過ぎてしまった！」

あまりに酷《ひど》い言われように頭の回路がショートしていたようだった。だが俺グッジョブ。

「やり過ぎとかの問題じゃないと思うんだけど？」

「もうどうでもいいわ……早く殺しましょう」

パイモンが呆《あき》れたように、そしてシルヴィアはゴミを見るような視線を向けてくる。

ダイブしたのがそんなに嫌だったのか？　やってもいいって言ってたじゃん。

それにしても躊躇《ちゅうちょ》なく首を攻撃できるとか必殺の心かよ。

「あの、最初に殺すつもりはない的なこと言ってなかった？」

「「……？」」

おい、二人して可愛く首を傾《かし》げるな。許しちゃうじゃないか。

「ほらパイモン、さっさとあのゴミをずたずたに引き裂いて殺すわよ」

「さっきよりも酷い末路辿ってる⁉」

シルヴィアの凍《い》てついた言葉に反応して、最初に動いたのはパイモンだった。

「シルヴィアのおっぱいを触った罪は大きいからね、もう手加減してあげないよ！」

原因お前だろ！

そんなことを叫ぶ余裕もなく、パイモンが先ほど以上の無数のエネルギー弾を撃ってくる。

「なんのこれしきぃ！」

本来ならば避けるべきなのだが、あえて真正面から迎え撃つ。

パイモンのエネルギー弾の有効射程が分からない以上、廃工場とはいえ流れ弾が二次被害を生まないとも限らない。

俺にできるのは周囲への被害を少しでも減らすための対応だった。

だが、パイモンの攻撃を受け止め続けるためにその場から動けない俺を、シルヴィアが見逃すはずもなく。シルヴィアは刀にＰＦを纏わせ始める。

目視で認識できるほどの量のＰＦが刀を這《は》うように集まる光景は、まるで妖刀を彷彿《ほうふつ》とさせた。

「シッ‼」

小さく息を吐いたシルヴィアが視界から消える。

次の瞬間。

ガキン！

「ングゥッ⁉」

甲高い金属音と共に、背中に熱く燃え上がるような痛みを感じた。

今までのとは違う、命の危機を感じさせるほどのダメージに思わずくぐもった悲鳴が漏れる。

振り返ってみると刀を振りかぶった状態で満足そうな笑みを浮かべるシルヴィアがいた。

そんなに俺を切ることができたのがうれしかったのか、今日一番の笑顔を浮かべている。

「やっと、やっと貴方《あなた》の血が流れたわ……、変態でも流れる血は赤色なのね」

そこでようやくパイモンの攻撃が止《や》んだ。

俺はすぐさま二人から距離を取るために移動、そして切られた傷口の状態を確認する。

肩から腰にかけて斬りつけられた場所は、今まで攻撃を防いできた白タイツの壁を切り裂き、そこからは赤い血が流れていた。

ちくしょう、琴音との約束を破ってしまった。まあいい、背中なら見えることもないし黙ってればバレないだろう。

「その刀ならジョーカーにも効果あるんだね」

「そうね、でも大剣ほどじゃないけど全力はさすがに燃費が悪いわね。これじゃあ長期戦には向かないから短期決戦ぐらいにしか使えない」

「ちゃっちゃとやっつけちゃえば問題ないってことだよね」

「そんなわけないでしょ、たった一人のヒーロー相手にこれじゃだめよ」

余裕な会話を目の前で見せられるが、背中の痛みでそんなことを気にする余裕もなかった。

幸いなのは、相手が油断して俺に時間を与えたことだろう。急速に引いていく痛みを感じながら立ち上がった。

「あーマジでいってぇ……、つうか刀で人を斬るとか正気かよ……」

「あれー？　もう平気なの？」

「どうせやせ我慢よ、これ以上戦うつもりなら貴方本当に死ぬと思うけど、いいのかしら？」

背中への一撃は普通であれば致命傷とまではいかないにせよ、そのまま戦闘を継続できるほど軽い傷ではなかった。

それは攻撃を放ったシルヴィア本人が一番に理解しているはずだ。

背中の傷が殆《ほとん》ど消えたことを確認した俺は、挑発的な笑みを浮かべる。

今度は冷静にやってやろうじゃないか。

「一撃ぐらいで倒れちゃヒーローやってられねえんだよ」

「なら今度は本当に死ぬことね」

シルヴィアが平坦《へいたん》に答えると、居合の構えを取りながら一息に距離を詰める。

「はぁっ！」

ＰＦを纏った刀の攻撃を、最初と同じように腕で受け止める。

何度目かも分からない甲高い音が響き、シルヴィアの刀が弾き返される。

「な、何でよ⁉」

「変身っつうのはな、ただ見た目が変わって、力が強くなっただけじゃそうは言わねえんだよ」

そう言いながら回し蹴りを放つ。

今度はシルヴィアが腕でガードするが、抑えきれない威力に吹き飛ばされる。

「ぐぅっ⁉」

「ほれ、構えろ。次はもう少し痛いぞ？」

吹き飛ばしたシルヴィアを追いかけ、拳を固めて追撃を放つ。

「なめるなああ！」

シルヴィアが吼《ほ》える。

突き出された俺の拳を刀でどうにか受け止めるが、このまま連続で攻撃を加えれば防ぎきれなくなるだろう。

刀によるガードができなくなれば後はこっちのものだ。

「シルヴィアから離れろ！」

シルヴィアに対してさらに攻撃を続けようとしたが、パイモンが後ろからエネルギー弾を放つ。

え、あ、ちょ、その角度はまずい！

「いいのか？　俺が離れたらその攻撃、誰に当たると思う？」

「――っ⁉」

俺の言葉にハッとするパイモン。

今の三人の位置関係はパイモン、俺、シルヴィアが直線状に並んでいた。

パイモンが慌てて攻撃を止めるが、既に撃ち放たれたエネルギー弾は当初の目的を遂行する。

「今度は射線を気にしながら戦ってくれ、マジで危ないだろ」

シルヴィアへの追撃を止《や》めてエネルギー弾を受け止める。

エネルギー弾を受け止めるまではよかったのだが、不完全な体勢で攻撃を受けてしまった俺はバランスを崩してしまう。

俺は大きな音と共に不可抗力でシルヴィアの方へと倒れてしまった。

「シルヴィア！」

パイモンが心配した様子で駆け寄ってくるが、当のシルヴィアは呆れた表情を見せる。

「別に大丈夫よ、当たったとしても私なら問題ないことぐらい知ってるでしょ？」

「それもそうだけど……」

落ち込んだ様子を見せるパイモンを一瞥《いちべつ》したシルヴィアの視線が下、つまり不可抗力でシルヴィアに覆いかぶさっている俺に向けられた。

心なしかその視線は冷たく感じられた。

「ふぅ、さすがにあの体勢で受け止めるのはきつかったな。うん、倒れてしまうのも仕方ない」

「シルヴィアを守ってくれてありがとうジョーカー」

「ああ、いいってことよ。だが済まない、倒れる時に足首を捻《ひね》ってしまったようだ、もうしばらく起き上がれそうにないな」

「大丈夫？　あ、そういえば一個気になってたんだけどさ、なんか雰囲気変わってない？」

「戦闘用に意識を切り替えただけだ。だから雰囲気が変わったように見えたんだろう」

「そうなんだー」

　ヴィランを前に不覚！

　シルヴィアには悪いが暫《しばら》く倒れた体勢を維持するしかないな。うん、仕方ない。

「ねえ、一つ聞きたいんだけど？」

「俺にか？」

「貴方によ」

　なんだ？　守られたことに対する礼でもしたいのだろうか。

　気にしなくていいんだ、俺が好きでやったことだからな。

「この手はいったいどういうことかしら？」

「へ？」

　パイモンが素っ頓狂な声を上げる。

　パイモンが視線を向けた先、そこにはシルヴィアの言っている通り、俺の両手がしっかりとシルヴィアの胸に添えられていた。

　というかわしづかみにしていた。

「……」

「そういえばさっきの蹴り、痛みとか殆どなかったけど。あの時胸に変な感触があったのよねー」

「……」

「追撃の時も、胸にばかり攻撃があったような気がするのだけど？」

「ま、まさか……」

シルヴィアの言葉にパイモンが何かを理解した表情を見せる。

「……フッ、俺の作戦に気が付くとは中々やるじゃないか。流石《さすが》はソニックさん含め数々のヒーローに勝利しているだけはあるな。認めようじゃマイカッ⁉」

な、何ということだ！　こういう時はお互いの実力を認め合い、互いを称賛する流れだろ。蹴飛ばさなくたっていいじゃないか。

手加減なく蹴飛ばされた俺は、放物線を描くようにしてパイモンの足元へと不時着した。

顔を上げると見下ろされるような形でパイモンと目が合う。

「……」

「……」

にこりと笑顔を向ける。パイモンも笑顔になった。

「キモ」

「どうしてそんな酷《ひど》いことが言えるんだあああ！」

お前もそういうことを言うなんて！　さっきまで語り合った（一方的）仲じゃないか！

泣き叫びながら無駄に露出度の高いパイモンの太ももに縋《すが》りつく。

同じ人間とは思えない肌の柔らかさと健康的な筋肉の付いた太ももに、慰めてもらおうと頬擦《ほおず》りする。

「いひぃぃい！　き、きもいきもいきもいきもいいいいぃ！」

「きもいって言うなあああぁ！」

パイモンにまで拒絶されてしまったら俺はどうしたらいいんだ⁉

目の前にある小麦色の健康的な太ももを見る。ああ、なんて穢《けが》れのない清い足なんだ。

荒《すさ》んだ俺の心を癒やしてくれるというのかい？

……ありがとう！

「いやああああ！　何で頬擦りしてるのさあああ！」

「パイモンの太ももは良いって言ってくれた！　俺にはそう聞こえた！」

「うひぃ⁉　勝手に僕の太ももと会話しないでえええええ！」

シルヴィアは目の前の光景に目を覆った。

幼く見える少女の太ももに全身白タイツで泣きながら頬ずりをする男、そして泣き叫びながらそれを引き剝がそうとする少女。

この光景を見て、ヒーローとヴィランという敵対する者達だと誰が思うだろうか。自分なら絶対そうは思わないと、シルヴィアは強く思った。

「もう……疲れたわ……」

シルヴィアは戦闘服の内ポケットから携帯を取り出すと、迷うことなく画面をタップしていく。二桁に届くか届かないかぐらいのタップをした後、ゆっくりと携帯を耳元まで持っていく。

「もしもし、警察ですか？　私、ヴィランなんですけど……いや、冗談とかではなくてですね」

ヴィランが警察に電話をするのは大抵が愉快犯か自身の力を誇示したい者による宣戦布告が大半であった。しかし、この時電話を受け取った係の人間は深く困惑しただろう。

「初めてヴィランから助けてと言われた」と後に持ちネタの一つになるほどだった。

どうにか信じてもらおうと警察に掛け合いながら、シルヴィアはちらりと視線を横に向ける。

「離さん！　離さんぞおおおお！　俺のスイーツゥフットモゥモォ！」

「ねえ！　本当にきもいって！　僕じゃなくてシルヴィアの方に行ってよ！」

「男に二言はない！　パイモンも立派な女性として俺は見てるんだ！」

「立派な女性にすることじゃないんだよお！」

「ん？　シルヴィアもそうだがパイモンは良い匂いがするな。香水でも付けてるのか？」

「ほ、本当？　えへへ、香水とかは付けてないけど、僕も女の子だしそう言われると嬉しいな……って違う！　そんな言葉に騙《だま》されないから、さっさとはーなーれーてー！」

シルヴィアは空を仰いだ。

「あの……本当に、助けてもらっていいですか？」

どうして空を仰いだのか彼女自身分からなかった。ただ、何となく無性に上を向きたくなったのだ。

3章　衝突する想い

「それで？　どうしてヴィラン退治に向かったヒーローが、警察と仲良くなって帰ってくるんだ？」

特務長室で、ミスターハンマーがため息を吐《つ》きながら呆《あき》れたとばかりに視線を俺に向けてくる。

「……申し訳ありません」

弁明の余地もない俺は頭を深く下げる。

あの後シルヴィアが警察を呼んだことにより、俺は警察から取り調べを受けることになった。

当初は警察を呼んだシルヴィア達も被害者兼加害者ということで併せて連行されたのだが、警察署への移送中に警官を気絶させて逃亡。ヒーローである俺は逃げることもできずに一人移送されて取り調べを受けることになった。

警察が現場に到着した時に見たのが、泣きながらパイモンに縋りつく俺の姿、そしてそんな俺を引き剝がそうと叫び散らかすパイモン。その光景を前にただ呆然《ぼうぜん》とするシルヴィアというかなりカオスな状態だったらしく、警察も誰から対処したらいいのか分からなかったと言っていた。

取り調べ中、俺は自分がヒーローであること、あの場にはヒーローとしてヴィランである二人と戦っていたことを必死に説明した。しかし現場を見た警官からは懐疑的に受け取られてしまい、最終的に特務の名前とミスターハンマーの名前を出すことにした。

まさかヴィラン退治に行ったヒーローが、警察の厄介になっているとは思っていなかったミスターハンマーは電話越しに警察が怯《おび》えるほどに憤慨、かつてその拳一つでヴィラン達を震え上がらせた時のような、阿修羅《あしゅら》の表情で俺を迎えに来た。

俺を確認すると警官の制止を振り切り、俺は頭を警察署の硬いコンクリートに埋めるほどの威力で叩《たた》かれた。無警戒なところにパワータイプのミスターハンマーの一撃を食らった俺はその場で気絶した。

再び目が覚めるとそこは特務長室で、怒りに震えるミスターハンマーを前にした俺の体は自然と腰を折っていた。

「特務長は現在別任務に従事している。つまり現時点でジョーカー、お前の処遇を決める権限は俺にあるということだ。この言葉の意味、分かるな？」

「はい、誠に申し訳ございません」

今回は自分に問題があると分かっているため、素直に謝罪するしかなかった。

「今回の問題点は何だと思う？」

「問題点、ですか？」

ミスターハンマーの言葉に俺は一瞬頭を悩ませた。

「えっと……ヴィランを捕まえに行って、警察の厄介になったこと、ですか？」

「違う。通常の作戦であろうと、求められればヒーローが警察の取り調べ等を受けるのは義務だ。他には？」

「ヴィランを取り逃がしたことでしょうか？」

「違う。ヴィランを取り逃がしたからといって罰則を与えたことがあったか？」

「シルヴィア達のおっ……む、胸を触ったことですか？」

俺はここまで避けてきた回答を出す。しかし、ミスターハンマーの反応は俺の予想していたものとは違った。

「はぁ。お前の場合は事情が事情だ……無理やりではなく相手の了承を得ている」

「すみません」

「気にするな、俺も経験した道だ」

ミスターハンマーのヒーロー時代、彼は強暴なＰＦ能力とは裏腹に、言動がヒーローそのものでもあり、広く人気を得ていた。実績も凄《すさ》まじいもので、今はヒーローとして活動してはいないが、今から戻っても十分最前線で活躍できるほどの実力者だ。

少なからず尊敬している存在に、思わず謝罪の言葉が出てしまう。

「お前は特務でもソニックに続くまともな部類だ。その欲求以外はお前の実力ともども文句はない。だから今回私が問題視しているのはそこではない」

「というと？」

「お前、ヴィランに情けを掛けているな？」

「え？」

思ってもみなかった言葉に、俺はミスターハンマーが何を言っているのかが分からなかった。

「シルヴィアとパイモン、確かに奴《やつ》らは強い。戦闘向きではないが、うちのソニックを簡単に倒すほどだ。現地のヒーロー達もその実験とやらの役にも立たなかったらしい」

実験。彼女達は何度もそのワードを口にしていた。つまり単純な私怨や破壊活動ではなく、確かな目的を持って行動をしていた。

「俺も元ヒーローだ。確かに捕まえる気があったことは分かる。だが奴らに対してお前は効果的なダメージを与えたのか？」

「……与えていません」

おっぱいしか揉《も》んでいませんでした。

「ジョーカー、お前は奴らに手加減していたな？」

「いえ！　そんなことは……っ」

そんなことはない、自分は全力だった。そう答えようとした俺だったが、こちらを見つめるミスターハンマーの視線に口の動きが止まる。

「お前の戦闘力は知っている。あの白タイツの姿であれば、お前の戦闘能力ならヴィラン二人を相手にしても後れを取ることはない。私の考えは間違っていると思うか？」

怒っている様子もなく、声を張り上げているわけでもない。だがミスターハンマーの言葉には何かが込められていた。

顔を下に向け、できる限り相手の表情を見ないようにしてから、ようやく化石のように動かなかった口が開いた。

「間違って、いません」

「ジョーカー、ヒーローであるお前が本気で戦っても、奴らを捕らえることは難しかったか？」

「……できました。シルヴィアとパイモン、両者を迅速に捕らえることはできました」

確かに取れる手段を全て使えば、彼女達を捕らえることはできた。

「ならば、なぜ本気を出さない？　ヴィランを捕まえるのがヒーローの責務だ。そして取り逃がしたヴィランが一般人、琴音朱美《ことねあけみ》に危害を加えるとは考えなかったのか？」

「それは……」

言葉に詰まってしまう。シルヴィア達が琴音に手を出さないと感情では思えても、ヴィランならばという一抹の不安がよぎってしまう。

「忠告しておく」

「……はい」

「奴らはヴィランだ。そしてヴィランになる前は、奴らは琴音朱美のように平穏な日常に生きる権利を持っていた市民だ」

「……ッ」

生まれながらのヴィランなんて存在しない、そんな当たり前のことを俺は忘れていた。

「対応を誤れば護衛対象の琴音朱美にすら危険が及ぶ可能性もある。ヒーローとしてお前ができることを考えろ、お前ならできるはずだ」

「……はい」

ミスターハンマーの指示に従い、一度シャワーを含め諸々《もろもろ》の準備を済ませた俺は急ぐように琴音のアパートまで向かった。

シルヴィアとパイモンの対処に向かった俺に代わり、他の護衛が付くと特務長が言っていたが、それでもミスターハンマーの話を聞いた直後ということもあり、俺の頭には琴音のことしかなかった。

急いだとしても、特務から琴音のアパートまではそれなりの時間を要する。従って空に浮かぶのは太陽ではなく、夜空を薄く照らす三日月に移り変わっていた。

だがまだ寝るほどの時間でもないという屁理屈《へりくつ》を盾に、一度だけでも琴音の無事な姿を確認したかった俺は琴音が住んでいるアパートの玄関前まで来ていた。

「琴音、いるか？」

玄関のチャイムを鳴らす。いつもであればチャイムの少し後に琴音が返事と共に玄関のドアを開けてくれるのだが、玄関のドアが開くどころか琴音の返事すら聞こえてこなかった。

「あれ？」

それからも何度かチャイムを鳴らすが、一向に玄関のドアは開く様子を見せない。

「まさか……琴音！」

最悪の未来が脳裏をよぎる。慌てて玄関のドアに手を掛けると、普段は掛かっているはずの鍵が掛かっておらず、簡単にドアは開いてしまう。

琴音と半月以上関わってきたこともあり、琴音が鍵を掛け忘れるなんてことはあり得ないと断言できた。ましてや自身が護衛対象になっている状況ならなおさらだ。

玄関のドアを開けると同時に大声で琴音を呼ぼうとした。だが、もしも琴音を狙っているヴィランなどがいた場合、ここで大声を出せば俺の存在を相手に教えてしまう。

開きかけた口を咄嗟《とっさ》に手で覆うことでどうにか声を押し殺す。

（どこだ⁉　どこにいるんだ、琴音！）

頭の中は琴音の無事を願うしかなく、もしも琴音が襲われていたらと考えただけで全身から汗が噴き出す。

できる限り足音を殺しながら、ゆっくりと廊下を進む。

（廊下もリビングも明かりが消えている？）

夜中ではないが、日は沈み月の姿が見えるほどには暗くなっている。そんな状態で家の明かりが灯《とも》っていないことに、心臓は更に激しく鼓動する。耳に聞こえるのが自分の鼓動だけかと思われた時、微《かす》かに声が聞こえた。

「やめ……ちょ……」

ハッキリと聞き取れなかったが、それは確かに琴音の声だった。声はリビングではなく風呂場から聞こえてきた。

（なんだ……玄関はただ鍵を閉め忘れただけか）

琴音がいることが分かり安堵《あんど》したが、次に聞こえた琴音の声に取り戻しかけた平常心が崩れる。

「止《や》めてくださいって！」

琴音のハッキリと否定する声が静まり返った廊下に響いた。

「琴音！」

考えるよりも体が即座に反応していた。廊下を走り風呂場へと向かう。風呂場からはシャワーの音も聞こえていたが、琴音の拒絶する声に最悪の状況しか頭には浮かばなかった。

風呂場の扉を勢いよく開け、琴音を助けるべく風呂場に飛び込んだ。

「琴音！　大丈、ぶ……か……」

最初に視界に映ったのは琴音の驚いた表情だった。俺が護衛の任務から離れて一日も経《た》っていないのに、久しぶりに見るようなノスタルジーに襲われつつも、琴音がこちらに向ける表情は俺が想像していたモノとは違った。

髪を洗っていたのか、長く綺麗《きれい》なピンクの髪は多少の泡を纏《まと》いながら水に濡《ぬ》れて艶を放っていた。そして風呂場にいるということは当然、琴音は衣類を一切着ておらず、幼い見た目ながらも女性らしいプロポーションがハッキリと見えた。

突然風呂場に押し入った俺を前に、琴音は咄嗟に両手で胸をどうにか隠すことで、ギリギリ見せられない部位を守ることには成功していたが、それ以外の肌の全てが俺の視界に収まってしまった。

自分が想像していた最悪の状況ではないことに安堵したが、今度は別の問題に直面してしまった。

「あれ？　ジョーカー君じゃないか」

「え……と、特務長？」

風呂場にいたのは琴音だけではなかった。

琴音同様風呂にいるため衣類は一切纏わず、普段ですら膝まで伸ばしているツインテールがストレートになっていた。

濡れて体に張り付いている様《さま》は、金のベールのように美しく輝いていた。

ツインテール以外の特務長を見たことがなかった俺は、その美少女が誰か分からなかった。

自分をヒーロー名と君付けで呼ぶ人間が特務長だけだということを思い出し、声を掛けてきた美少女が特務長だとなんとか認識できた。

琴音は胸を両手で隠し、体を庇《かば》うようにしていたが、特務長はそういった行動を一切見せず、琴音から離れると裸のままこちらに歩いてくる始末だった。

普段はスーツによって隠れているが、その体は女性らしさを残したままよく鍛えられているのが見て取れた。咄嗟に見えた琴音の胸と比べても、特務長の方が少しばかり大きいようだと、場違いにも程がある思考が浮かんでしまう。

「ジョーカー君、女性のお風呂を覗《のぞ》くなんて感心しないなー？　ほら、私達は絶賛入浴中で親睦を深めているところなんだよ。男がそこに割って入るなんて無粋だとは思わないかい？」

「し、失礼しました……」

琴音はあまりの驚きのせいか、一言も発することはなかった。しかし風呂場を後にする瞬間に見えた琴音の表情は、上がった体温による赤みとは別の理由で真っ赤になっていたように見えた。

幸い特務長が平然と対応したことにより、大した騒ぎにはならなかった。

風呂から上がってきた二人にはどう言い訳をしたものか、と風呂場を後にしようとした

時、視界に黒い何かが映り込んだ。

そこには琴音が普段着として着ていたことがある服と、女性もののスーツが置かれており、その上にはそれぞれピンクと黒の下着が丁寧に置かれていた。

特務長も琴音も確かに見た目はかなり幼く見える。良く見えて中学生にしか見えない二人だが、それでも女性ということに変わりはない。

そして俺がいる場所は扉を一つ挟んで浴槽があり、ここに服があるということは風呂に入るためにここで脱がれたものだということだ。

理解が及んだ瞬間、脳裏に先ほどの二人の姿が映る。

女性らしい肉付き、そして洗う必要があるのかと思いたくなる、水の滴った綺麗な肌。

シャワーによって湿り気を帯びて艶を放つ美しい髪。

風呂場の温度によって赤く上気した頰《ほお》。体温の上昇に伴う血流の向上により、いつも以上に大きく見開かれた瞳。そして小さいながらも自身の存在を確かに主張する二つ、いや四つの果実……。

二人が風呂場から出てくるまでの数十分。俺は気が付いたらリビングで正座していた。

「晴彦《はるひこ》。何か言うことは？」

「いい体をお持ちなようで、よきちっぱいかと」

「ふんっ！」

「ぐらっぷ!?」

見事なローキックを受けた俺が今度は土下座の姿勢になるまで、琴音の鋭い視線が俺を貫いていた。

「それで、どうしてあんなことをしたの？」

琴音が取り調べをする警察のような視線を向けてくる。

あ、眼鏡掛けてる。なるほど、普段はコンタクトだったのか。

風呂から上がってしばらく時間が経っていたが、それでも入浴後の二人の姿に普段とは違う女性らしさを強く印象付けられてしまう。

「それについては、あのですね……何と言いますか、勘違いと言いますか」

素直に心配でいても立ってもいられないと答えれば良かったのだが、俺はどうしてかそのまま伝えることに恥ずかしさを感じていた。

「そりゃ、朱美ちゃんが心配だったからに決まってるよねー？」

「へ？」

「うぐっ!?」

しかし、特務長の余計な一言によってバレてしまう。

「それって……でも、一日も経ってないじゃん……」

「まあ、なんていうかその。ちょっと心配になったぐらいで、だから──」

「勿論《もちろん》、ミスターハンマーとのお話で、朱美ちゃんにもしものことがあったら!? ってなっちゃっただけだよねー？」

「んもう！ なんで全部言っちゃうんですか!?」

この人の耳は何処《どこ》まで地獄耳なんだ、護衛中なのにどうして俺とミスターハンマーのやり取りを知ってるんだよ。

玩具《おもちゃ》で遊ぶような笑みを隠す素振りも見せない特務長に、俺は肩を落とした。

琴音の反応が気になり、恐る恐る視線を琴音の方に向ける。

「え、あ、っと……あ、ありが、とう？」

バカにされることも笑われることもなかったが、風呂場に突撃した時のように顔を真っ赤にした琴音が、混乱しながらもそう口にすると恥ずかしさに負けて顔を下に向けてしまう。

「あっはっはっはっ！ ジョーカー君も朱美ちゃんも可愛《かわい》い反応だねえ！」

そう高らかに笑う特務長は、入浴後ということもありツインテールにすることもなく、長くサラサラとしたストレートの状態のままにしていた。

こうして髪型一つ違うだけでも、普段より少し大人びて見える。

顔を真っ赤にして下を向く琴音、そして面白いとばかりに笑い続ける特務長。そんな光景を前に俺は色々気にするのが馬鹿らしくなってしまった。

「そうですよ、滅茶苦茶《めちゃくちゃ》心配でしたよ。普段は鍵を掛けてるはずなのに、今日に限って鍵掛かってなかったですし。家に入ってみれば部屋は暗いし、琴音の嫌がる声が風呂場から聞こえて心配になっちゃったんですよ！」

「お、吹っ切れたね！　そうだよね心配だよねー、特に今日はヴィランとも戦った後だから余計に心配になっちゃうよね」

吹っ切れた俺に、特務長は嬉しそうに答える。

「本当ですよ、特務長がまさか琴音の護衛をしているなんて思わなかったんですよ。だからもしも琴音に何かあったらって思ったら体が動いてたんですよ」

「分かる、分かるよー。ヒーローの本質だよねー。流石《さすが》我が特務の未来のエースだよジョーカー君！」

「ありがとうございます！」

「あの、もう……。帰ってもらっていいですか？」

顔を一切俺達に向けず、琴音が絞り出すような声で懇願する。

今が夜であること、そして先ほど自分が二人の入浴を目撃してしまったことを思い出す。自分がここにいては琴音も安心することはできないだろうし、特務長とも親睦を深めたいのだろう。

「そうだな、今日は申し訳なかった。また明日からの護衛は俺が続けることになってるから、それでは特務長、俺はここで失礼します」

状況的に見てもとりあえず今日は一旦距離を取った方がいいだろう、俺が立ち上がるとそれを特務長が止める。

「いや、護衛は今からだよ。邪魔者は退散させてもらうさ。ジョーカー君は朱美ちゃんが落ち着くまで一緒にいてあげるといいよ」

「ち、ちょっと……」

特務長の言葉に琴音が慌てた声を上げるが特務長はそれを無視して立ち上がる。

「それじゃあジョーカー君、後のことはよろしく頼むよ」

「了解です……あ」

仕事柄か、上司から頼むと言われると反射的に了承してしまう。

「朱美ちゃん、今日一日だけだったけど楽しかったよー。正式に特務へ所属してもらった時にはまた楽しくお話しようね」

「……楽しみにしてます。今日は、ありがとうございました」

これ以上何を言っても無駄だと悟ったのか、琴音は力なく特務長に返答と感謝を述べる。

「それでは若人諸君《わこうど》！」

高らかに笑うと特務長はアパートを颯爽《さっそう》と後にした。

「……」

「……」

嵐のような特務長が去ったことにより、リビングは静寂に包まれてしまう。

「……お茶、用意するわね」

最初に口を開いたのは琴音だった。気まずい空気を変えるためか、単にこの空間から少しでも離れたいのかは分からないが、渡りに船だった。

「ありがとう、頼む」

俺が答えると琴音は足早にその場を後にした。

暫《しばら》くするとお茶の匂いが微《かす》かに漂い始め、琴音が湯呑《ゆのみ》をお盆に載せて現れる。

「熱いから、気を付けて」

「すまん、頂く」

自分でも驚くほどに簡素な言葉が出てきてしまう。

飲むにはまだ少し熱かったが、今はこの気まずい空気を少しでも流せるならと、口を付ける。

そうして、何か話題はないかと探し始めた時、琴音が再度口を開いた。

「私のこと、心配してくれたの？」

琴音からされた質問は中々に答えづらいものだった。

「心配、してた」

「そうなんだ。ありがとう」

思わず出てしまった自分の素っ気ない回答に、頭を抱えたい衝動に襲われたが、それを聞いた琴音は何故《なぜ》か嬉しそうだった。

「どうして心配してくれたの？」

まさかこの手の質問が延々と続くのではと思ってしまうが、それでも琴音から話題を振ってもらっていることもあり、またあの沈黙には戻りたくなかったので渋々答える。

「ちょっと、今日副特務長と話したことが原因で……」

「それってどんなの？」

琴音の不安を煽《あお》らないように、俺はミスターハンマーとのやり取りを説明した。

「そんなことがあったのね……」

俺が話し終わると、琴音は少し暗い表情を見せる。

「ありがとう。それで私を心配してくれたんだ」

しかし、琴音が暗い表情を見せたのは一瞬だけで、すぐに嬉《うれ》しそうな笑みを見せられてしまい、気恥ずかしさから思わず視線を逸《そ》らす。

「そういえば、今日はヴィランと戦ったんでしょ？」

琴音が静かな声で質問する。

琴音がこれから所属する特務の主な仕事はヴィランを相手にするのが殆《ほとん》どであり、モラウの一件からも琴音には興味のある話なのかもしれない。

未来の同僚のために、自分ができる話で少しでも安心させられるならと、俺は今日戦ったヴィラン、シルヴィアとパイモンの話をした。

琴音は最初、現地のヒーローと特務から派遣されたヒーローが、二人のヴィランに一方的に倒されたことに驚いた表情を見せる。

「他のヒーローを簡単に倒すヴィランが相手って、晴彦一人で大丈夫だったの？」

「問題ないさ、言ったろ？　これでもヒーローだ。ヴィラン二人を相手にするぐらいどうってことない」

「でも他のヒーローはやられちゃってたんだよ？」

「それでも負けないし、戦わないわけにはいかないんだ。ヒーローが戦わなくて誰がヴィランと戦うんだ」

俺の言葉に琴音は表情を暗くしてしまう。答え方に問題があったのではと思ったが、それでもどうして琴音の表情が暗くなるのかが分からなかった。

「今日、晴彦が出ていく時に約束したこと、覚えてる？」

「……覚えてる」

体がビクッと動いてしまう。

俺は確かに出かける前に琴音とした約束を覚えていた。

「もしかして何処か怪我《けが》しちゃったの？」

「背中、ちょっと切られちゃったぐらい……かな」

「背中!? ね、ねえ大丈夫なの？」

そんなに心配してくれるなら、アパートを出る時にもう少し心配してくれても良かったのでは？

「だ、大丈夫大丈夫！　ほら、切られたって言っても少しだし、かすり傷だから！」

言葉だけだと完全に何かあったように聞こえるな、実際あったけど。

俺は背中を琴音に向けるとおもむろにシャツを捲《まく》り上げる。

「きゃっ！」

「ご、ごめん。でもほら見てみろよ、傷なんてないだろ？」

俺は謝りながらも、シルヴィアに斬られた場所を琴音に教える。

最初は両手で顔を覆っていた琴音だったが、俺の意図が分かるとおずおずと俺の背中を観察し始める。

「……」

背中を見せているため、琴音の様子は分からなかったが、背中には確かに琴音の視線を感じていた。しかし、背中を見ているはずの琴音からは何のリアクションも返ってこないことに堪《たま》らず声を上げた。

「あ、あの……琴音さん？　傷とかないでしょ？」

「ええ!?　あ、あ、そうよね。傷、傷よね！」

俺がいきなり大声を発したわけでもないのに、琴音は驚いた声としどろもどろになりながら答えを返す。その様子に何かあったのかと思ったが、それよりもまずは傷がないことを見せて落ち着かせようと考えた。

現実としてシルヴィアに斬られた場所に傷は残っていない。薄《う》っすらと白い線が見えるかもしれないが、その程度だ。

「ほんとだ、傷といっても大きいものじゃないのね」

「そうだろ？　ＰＦ能力者は治癒力も含めて常人以上だけど、斬られてもその日のうちに回復するなんてこと普通はない。つまり自己治癒力でその日のうちに回復するぐらいの傷しか負ってないってことだ」

「ふーん」

背中の傷を確認して落ち着いた琴音はそう返しながらも未だに疑いの視線を向けてくる。

「何か隠してないわよね？」

「隠すどころかさらけ出したぞ、何だったら今度は下も脱ぐか？　見るか？」

「み、見ないわよ！　ていうかセクハラ発言よそれ！」

顔を真っ赤にして怒る琴音に、笑いながらシャツを元に戻すと琴音に向き直る。

「ねえ、戦った相手ってやっぱり強かったのよね、モラウ達よりも……」

「ああ、モラウよりもいいおっぱ……結構強かったな」

素直になりかけた口をどうにか抑え込むが、途中まで言いかけていた言葉はしっかりと琴音の耳に届いてしまった。

「……貴方《あなた》今なんて言ったの？」

「だから、相手は結構強かったって。いやー、やっぱりヴィランって侮れないわ、うん。

色々危なかったしな！」

どうにか言い逃れをしようとしたが、琴音は無情な一手を打つ。

「私、記憶力っていい方なのよね。リスニング系のテストで一度聞いた内容とか忘れたことないのよね」

「……すんませんした」

素直に頭を下げた。しかし、琴音は俺を見逃すつもりはなかったようだった。

「それで、おっぱまで聞こえたけど。続きは何かしら？」

「……」

琴音は笑顔だった。

だが、先ほどまでとは別の気まずい空気が場を支配する。もっとも、気まずいと思っているのは俺のみだったが。

「……おっぱい、です」

琴音からの視線に耐えられなかった俺は、とうとう口を割ってしまう。

あ、やばいよ。琴音は笑顔なはずなのに、どうしてか体が震えちゃう！

「ふんふん、それでそれで？　敵のおっぱいがどうしたのかしら？」

「敵の、おっぱいが……その。お、大きくてですね」

「はいはい、大きくて？　それで？」

「いい、おっぱい。だったなー……と」

琴音は終始笑顔を絶やさずに耳を傾けた。

普段のような明るい笑顔でもなく、無理やり作った笑顔でもないそれは、俺が人生で初めて見る、怒りが限界を超えて一周回ってしまった人の笑顔だった。

「私、一応貴方のこと心配してたの」

「ハイ」

「それでね、貴方が怪我したって聞いた時とか大丈夫かなーって思ったの」

「ハイ」

いつも以上に甘えたような声を出す琴音に、俺はその声が地獄の底から吐き出されているのではないかと本気で思った。

琴音はおもむろに立ち上がると俺の後ろへと回る。振り返ろうとしたが、琴音から発せられる重圧に体が石のように動かなくなってしまう。

「それなのに、貴方は敵のシルヴィアさん、だったかしら？　その人のおっぱいに見惚《みと》れていたわけなのね？」

「ハイ」

もはや反論する余地もなく、ただ琴音の言葉にハイしか返せなくなる。

琴音が後ろから俺の首に手を回す。

まるで恋人が甘えるかのような行動に、本来であればドギマギとして心臓の鼓動が早まり体温がそれによって上昇するのかもしれない。

しかし、首に回された琴音の手は驚くほどに冷たく、心臓を直接握られたかのような錯覚に襲われ、全身から血の気が引いていくのが分かった。

「ねえ、晴彦」

「ハイ」

まるで呪詛《じゅそ》のような声で、琴音が耳元で囁《ささや》く。

「もしかして、その人のおっぱいを触ったりとか、してないわよね？」

首に回された腕に微かな力が込められる。そのためか、ゆっくりと背中に琴音の体が押し当てられ、女性特有の柔らかさを感じたが、それに対する喜びは一切なかった。

「あれ、答えてくれないの？　晴彦、私聞きそびれちゃったかもしれないわ、だからもう一度聞くわね。シルヴィアって人のおっぱい、触ってないわよね？」

「は、ははは……」

「ふふふっ」

「あは、あっはっはっはっ」

俺は笑った。ただ無心で笑った。琴音も応えるように笑った。

「マジでごめングゥ!?」

「このスケベ変態男おおおおお！」

回されていた腕が俺の首を一息に締め上げる。薄れゆく意識の中、何度も琴音の腕をタップするが、琴音はこのまま締め落とさんとばかりに全力で力を込め続けた。

うおおおお！　背中に感じる微かなちっぱいがあああ！

背中に強く押し付けられる女性の柔らかさ、そして耳元で感じる吐息の熱に毒され続けた俺は、琴音が首を解放するまでの間に三回走馬灯を経験した。

「晴彦のその姿、私見飽きたわ」

素人ながら急所を捉えたチョークスリーパーから解放された俺は、今日だけで何度目になるか分からない土下座姿を琴音の前に晒《さら》していた。

呆《あき》れた表情で冷たい視線を向ける琴音に、俺は唯々《ただただ》額を床に押し当てることで誠意を示した。

「それにしても、シルヴィアって人はよく晴彦を許したわよね。私だったら貴方を絶対に殺すわ」

「怖いこと言わないでください。実際シルヴィアはマジで殺しに来てたし」

「よくかすり傷程度で済んだわね」

「背中は斬られたけどな」

琴音が何かを思い出す仕草を見せると納得したように頷《うなず》く。

琴音は同じ女性として、シルヴィアが俺を本気で殺そうとしたことには全面的に同意してしまった。

「でも晴彦ってそういうことする人なのね……残念」

「申し開きのしようもなく」

「ふうん」

土下座のままでいる俺を前に、琴音は何かを思い出したように目を見開く。

「そういえば、前にもこの話したと思うんだけどPF能力者って〝欲求〟ってあるじゃない？」

欲求というワードを琴音が口にした時、思わず体がピクリと動いてしまう。

「プライバシーの侵害かもしれないけど、晴彦の欲求ってどういうものなのか私気になるの。今なら……答えてくれるわよね？」

いつかは聞かれるかもしれないと思っていた話だったが、まさか今のタイミングだとは思っていなかった。

「聞いた話だと変なものもあるって聞いたけど、私は大丈夫よ？　偏見とかないし、そういうのって選べるものじゃないってことも聞いたから。体質なんだし、変なものであっても仕方ないわよ」

「ほ、本当か？」

確かに琴音は偏った見方を嫌う傾向があった。

ＰＦ能力の影響か、物事を考える時の琴音はかなり論理的だった。

「大丈夫、私を信じて！」

琴音の笑顔を見て、彼女を信じてみることにした。どちらにせよ、特務に所属すれば自《おの》ずと俺の欲求についても知ることになるわけだし。

「じょ、女性にちょっとエッチなことがしたくなる……です」

口が思うように動かなかったが、それでもなんとか言い切った……言い切ったぞ！

あとは琴音がどう反応してくるかだが……。あそこまで言ってくれた琴音なのだ、短絡的な言葉で否定してくることはないだろう。

俺は安心して琴音に視線を向けた。

「え、キモ」

琴音は心の底から軽蔑する視線を俺に向けて、自分の体を両手で庇《かば》うようにして一歩足を引く。

全身で拒絶を表現するかのような琴音の反応に、俺は感情のままに土下座の体勢から勢いよく立ち上がった。

「だあああ！　うっせえ、俺だって幼児体型なんか興味ないわ！　もっとその慎《つつ》ましやかな主張を大きくしてから出直してこい！」

「ああああ！　言った！　言ったわね!?　薄々感じてはいたけど、誰も言わなかったことを。言ってはいけないことを言ったわね！」

「ああ言ってやるとも！　そんなちっぱいで男が興味を持つかよ！　さっき首絞められた時も、あれ？　胸の感触は？　あれ？　ってなったかんな！」

「何よ何よ！　そんなに大きなおっぱいがいいの!?　あんなのはただの脂肪じゃない！」

激昂《げきこう》する俺に対抗するように、琴音も感情の限り声を上げた。そこから始まったのは醜い言葉の応酬だった。

「いいか？　おっぱいってのは大きいほどいいんだ、だけど大きさだけじゃダメなんだ、形から弾力、張り、そういった全ての要素が満たされたおっぱいが本物のおっぱいなんだ！　ただの脂肪なんて表現は負け犬の遠吠《とおぼ》えなんだよ！」

「何をバカなこと言ってるのよ、そもそも生物学的にオスがメスに興奮する要素は胸じゃなくてお尻なのよ。つまり、胸はお尻の代用でしかないのよ！　そんなことも分からないからキモイことばかり言えるのよ！」

「キモくねえし！　むしろ純情だし！　柔らかいおっぱいとか男の憧れだし！」

「純情が聞いてあきれるわ！　ただ胸に発情するサルじゃない！」

「というか尻の話をするなら琴音はもっと言えねえだろ！」

「んなっ⁉」

「シルヴィアの尻は滅茶苦茶凄《めちゃくちゃすご》かったからな！　おっぱいもだが、尻も最高だった！　琴音のようなスラッとして小ぶりなお尻じゃなかった！」

「おっぱいだけじゃなく私のお尻もバカにしたわね！　触ったこともないくせに、見た目だけで判断しないでくれるかしら⁉」

「おっしゃ、なら触ってから言ってやろうじゃねえか！」

「キャー！　触らないでよ変態！」

「びっぶるっ⁉」

二人の言葉の応酬は止まらなかった。俺は胸が良いモノだと主張し、琴音は胸はただの代用品でしかないと主張した。

お互いに間違ったことは言っていなかった。確かに男は女性の胸に興味を示す傾向が強い。そして胸が本来尻の代用というのも間違ってはいなかった。

だからこそ、お互いの主張はひたすら平行線だった。

ヒートアップしていた二人だったが、強く動かされる感情というのは長くは続かないもので、次第に高まった熱が沈下していく。

「ぜー、ぜー」

「はぁ、はぁ」

最終的には、肩で息をするほどにまで疲れる段階になって、ようやく不毛な争いが終了した。

「はぁ、はぁ。ご、ごめんなさい。少し熱くなってたみたい」

「ぜー、ぜー。俺こそごめん、女性に対して身体的特徴を勝手な視点で語ってしまった」

冷静になった頭で考えてみれば、互いが互いの趣味嗜好《しこう》をぶつけ合っただけに過ぎなかったことに気付き、どちらからともなく謝罪を始める。

「それに、PF能力者の欲求って自分じゃ選べないんでしょ？　私だってまだ分かってないけど、もしかしたら変な欲求になるかもしれないし」

「ま、まあそれもそうだが。誤解のないように言っておくぞ」

琴音の認識は正しかった。確かにPF能力者の欲求はPF能力に伴うものだが。それだけではまるでPFの欲求で仕方なくそういった行為に及んでいると思われるのが、俺は嫌だった。

「たとえ欲求がなくても、女性ヴィランが目の前にいれば、お願いしておっぱいを揉ませてもらいたいと思っている」

「はあ⁉」

俺の今日一番の告白は、もはや驚くことはないと思っていた琴音にとっても寝耳に水だった。

しなくても良い告白をわざわざしたのだ。俺は本気中の本気だった。それは前世からの気持ちだったからだ。

「俺は、PFの衝動的なモノに支配されているわけじゃない。ただ、自分の意思で女性ヴィランのおっぱいが揉みたいだけなんだ……」

琴音が言い返そうとする間もなく俺は言葉を続けた。

俺が前世で好きなアニメや漫画のキャラを聞かれた時、大抵が主人公の敵として現れる女性ヴィランだった。別に深い理由を説明できるわけではなかったが、単純に敵として出てくる女性ヴィランがどのキャラクターよりもかっこよく、美しかったからだった。

そんな俺が転生してきた世界は、そういったかっこよく、美しい女性ヴィランが実在する世界だった。俺は自分の欲求が女性ヴィランに向けられるものだと知った時、これは神様が与えてくれたチャンスだと思った。

そのために訓練を受けたし、嫌いな勉強もそれなりに頑張ってきた。今の俺はＰＦ能力の欲求でおっぱいが揉みたいのではない。

幡部《はたべ》晴彦という男は、前世から敵のおっぱいが揉みたかったのだ。

「もう……分かったわよ」

別に俺が前世のことを琴音に話したわけではない。女性ヴィランに対してどういった感情を抱いているのかも、俺は誰にも言わなかった。

受け入れられないと分かっていたから。

「本当か？　もうキモイとか言わない？　あれって滅茶苦茶傷つくんだぞ？」

「分かったから引っ付かないでよ！　というか何で引っ付いてくるの、キモイから止《や》めて！　警察呼ぶわよ！」

「だからなんでキモイって言うんだよ！」

俺は琴音の足にしがみつきながら叫んだ。

ひと悶着《もんちやく》どころではなかったが、どうにかいつも通りの空気を取り戻すことができた。

「そういえば、晴彦はもう帰るの？」

時間を見れば時計は二十一時を指しており、いつもであれば既に琴音のアパートを後にしていたはずだった。

今日は色々あったな、うん。

最近始めたスマホのゲームで遊んでいた俺は、スマホに視線を向けたまま答える。

「もうそんな時間か。そうだな、ちょっとここの盤面クリアしたら今日は帰らせてもらおうかな」

口ではそう言うが、琴音の護衛はむしろ帰ってからが本番みたいなものだったりする。

本来は二十四時間体制で守ることが前提とされているため、一人ではなくチームで護衛に当たるべきだと考えていたが、特務長がそこまで人員を回せないと却下されてしまっていた。

実際のところ、特務はそれほど大きな組織というわけではない。実力という面で見れば他のヒーロー機関に負けることはないと断言できたが、特務の特性上他のヒーロー機関のようにヒーローを随時受け入れているわけではなかった。

特務長が言っていた人員不足というのも確かな話ではあるんだよな。

「ねえ……」

「んー、なんだー？」

今遊んでいるゲームにおいて、かなり上位に位置づけられる中ボスとの戦闘に集中していたこともあり、失礼だったけど琴音の言葉に気の抜けた返事を返してしまう。

一撃でも当たれば即死級の威力のブレスを吐き、空を縦横無尽に飛び回るドラゴンを相手に、剣だけで立ち向かうという鬼畜仕様に苛立《いらだ》ちながらも、成し遂げた時の甘美なる達成感は何物にも代え難いと言わざるを得なかった。

「今日は……さ。泊まって、いかない？」

手が止まる。画面では突然動きを止めた剣士に、ドラゴンが問答無用とばかりにブレスを吐いていた。

「……マジで？」

俺が琴音の方に視線を向けると、顔を下に向けてはいたが耳まで真っ赤になった琴音がいた。

「……マジ」

琴音が小さく頷《うなず》いた。

画面ではドラゴンのブレスを全身に浴び、ここまで育てた剣士が灰色の炭となって燃え尽きていた。

4章　パトラ襲来

「私ね、誰かとお泊まり会みたいなことってしたことなかったのよ」

「だからって俺とすることはないだろ？」

琴音《ことね》が感慨深げに口にするが、まさか初めてお泊まりする相手が俺、というよりも男でいいのか？

「いいじゃない、てかいつもは晴彦《はるひこ》の方から色々言ってくるじゃない、変なこと言わないでよ」

「い、いや。あれはほら、冗談というか何というか……」

うわ、自分で言ってて悲しくなってきたぞ。

「じゃじゃーん。お泊まり用お菓子セットー！」

楽しみにし過ぎじゃない？

琴音は普段見せないテンションで、お家パーティ用と書かれた大きなお菓子袋を持ってくる。ついでにテーブルの上には既にジュースが準備されており、琴音の準備の良さが現れていた。

「こんな時間にお菓子とかジュースって大丈夫なのか？　女性はそういうの気にするものだろ？」

「ふふーん！　私はお菓子とかいくら食べても全然太らないのよね！」

自慢げに語ってるところ申し訳ないけど、体質以前の問題なんだよな。

「ＰＦ能力者ってそういう人が多いらしいぞ」

「多いって、太りにくい人とかってこと？」

琴音が不思議そうに首を傾《かし》げる。冗談のようだが俺の言っていることは主観的なものではなく、実際の統計に基づいた事実だった。

「太りにくいだけじゃなくて、夜更かしとかも普通にできるし、病気にも殆《ほとん》どかからない。ＰＦ能力者は人間にとって最適な状態を維持するようになってるらしいぞ」

「不思議ね。まるで人としての欠点を全て解決してるみたい」

とりあえず感覚で挙げた例の内二つは現代病だ。

残る夜更かしについても、昼行性だけではなく夜行性としても活動できるという、人間の上位互換のような性質をＰＦ能力者は持っていた。

「人によってはＰＦは人類が進化するための重要なファクターだ！　とか言ってるらしいな。たしかに人類進化論が一番近い答えなのかも」

「へぇ」

「へぇって、一応は俺達に関わる話なんだけどな」

琴音の気のない返しに思わず苦笑いをしてしまう。俺自身、同じような話を振られれば今の琴音のような返答になってしまうから仕方ない。

だけど女性にとって太りにくいとか、結構食いつくと思っていたけどそうでもないんだな。

「でも太りにくいっていいわよね、それだけで私は満足よ」

「俺もそう思う。小難しい話は頭の良い連中に任せておけばいいんだし、個人的には実験体とかにならなくてよかったけどな」

「ちょっと怖いこと言わないでよ。そんな話してないでジュースを持ってよ」

琴音はそう言いながらジュースが注《つ》がれたコップを手渡してくる。そして自分も同様にジュースの注がれたコップを手に持つと、何かを期待するような視線を向けてくる。

お、そういうことか。

「はいはい、じゃあお泊まり会にカンパーイ」

「カンパーイ！」

乾杯の合図と共に、二人の持つプラスチック製のコップが乾いた音を部屋に響かせた。

「あ、そういえば眼鏡付けてるんだな」

「え、今更それを言うの？」

だって言うタイミングが殆どなかったし。別にわざわざ聞くことでもないのだが、なんとなく口にしてしまった。

「えっと……そ、それで。どう、なの？」

「そんなモジモジして何が聞きたいんだ？」

「だ、だからその……私の、眼鏡よ……」

何で眼鏡の評価をそんなに聞きたがるんだよ、眼鏡は眼鏡だろ？

「かなり可愛《かわい》いと思うぞ」

こういう時はたとえ眼鏡だとしても可愛いと言え。モテるために読《よ》み漁《あさ》っている雑誌にそう書いてあったな。

「そ、そう？　あ、ありがとう……」

顔をそんなに赤くするほど嬉《うれ》しいのか、琴音の眼鏡愛は本物だな。

「そ、それにしてもお泊まり会ってだけでなんだかワクワクしちゃうわね！　それに幾ら食べても太らないってことも知っちゃったし！」

「太る以前にもう少し肉を付けた方がいいぞ、特に胸とか」

視線を琴音の胸に向ける。うん、小さい。

「もう一度戦争がしたいのかしら？」

「小さいとは言ってないぞ、ただ肉を付けた方が個人的にはいいかなと」

特務長もそうだけど、どうして俺の周りにはロリ系が集中しているんだ？

シルヴィアみたいなバインバインを俺は所望するぞ。

「はぁ、これだから晴彦はモテないのよ」

「はっ！　これだから。ヒンヌーは胸と一緒に気持ちも小さいようだな！」

「また言った！　貧乳ってまた言ったわね!?　いいわ、今度は白黒ハッキリつけてやろうじゃない！」

琴音はそう言うと対戦型のゲームを持ってくる。

「その勝負乗った！　そして俺が勝った時はそのちっぱいを立派なおっぱいに育てることを誓ってもらおうか！」

「だからそういうのが気持ち悪いって言ってるのよ！　いいじゃない、晴彦が負けたら私の言うことなんでも一つ聞いてもらうから！」

「いいだろう！　俺にできることなら何でも聞いてやる！」

俺と琴音の雌雄を決する熱い戦いは遅くまで続いた。そして――

「ふふん、私にゲームで勝てるとは思わないことね」

「うぐぅ……。攻撃全部でクリティカル判定とかあるのかよ……」

対戦型格闘ゲームではプロでも見たことないプレイを見せつけられて負けた。

「あっはっはっはっは！　答えが分からなくても勘で正解しちゃうのよね！」

「おかしいだろ！　明らかに答え間違ってたよね⁉」

クイズゲームではたとえ琴音が間違いの回答を選んでも正解扱いになり負け。

「ワールドレコードなんて余裕よ！」

「何でレースゲームなのに1秒でゴールできるんだよ！」

レースゲームではレース開始と同時に負けた。

それ以外の全てのゲームでも、俺は琴音に全敗した。

「私、ゲームで負けたことないのよね」

「チートだ！　絶対これPF能力だろ！」

「何言ってるのよ、自分の能力も分かってないのに使えるわけないじゃない」

まさか無自覚で使ってるのか？

電子系のPF能力を持っている琴音は無意識で機械に影響を与えていたということか。

「無意識で使ってたとか微妙に詰めづらいな」

「知らないわよ、私だってわざとじゃないんだから。男らしく負けを認めなさい」

「別に認めないとかは言ってないだろ。約束通り何でも言うことを一つ聞く……エッチな要求はダメだぞ？」

「今は使わないわ、何処《どこ》か最適なタイミングで然《しか》るべき目的のために取っておく」

「おーい、ツッコミないと寂しいんだけど」

「もうこんな時間ね、そろそろ寝ましょうか」

「あ、はい。そうですね、寝ましょうか」

チクショウ、だが俺は諦めんぞ。いつか琴音の地平線のような肉体を変えてみせる！

「……貴方《あなた》は床で寝ることね」

「違うじゃん！　ちょっとした善意じゃん！」

ナチュラルに思考を読み取るなよ。怖い。

この後俺は冷え切った床で寝ないため、男として琴音へと立ち向かった。

「じゃ、お休み」

やっぱ土下座って日本の素晴らしき文化だよな。二十分ぐらい微動だにしなければ許してくれるんだぜ？

「……」

「……」

布団離れ過ぎじゃね？

いくら警戒しているからってお互い壁際まで離れる必要はないと思うんだ。

仕方ない、ここは大人しく寝ることにする――わけもなく、俺は琴音とＳＯＩＮＥをするため、物音ひとつ立てずに布団から這《は》い出る。

男晴彦、清く死んでしまった過去の自分のために、突貫します！

「ねえ、晴彦」

「は、はい？」

ば、バレ――

「私ね、本当は友達とか殆どいないの」

てない！　セーフ！

「へ、へぇ。そうなんだ」

「昔よく言われたのよ、お前はロボットみたいだって」

初めて会った時の琴音の声を思い出す。平坦《へいたん》で一切の波を感じることができなかったあの声は、確かに機械のように無機質だった。

「唐突にどうしたんだ？」

「いいから、晴彦はどう思う？」

「まぁ、酷《ひど》いことを言う奴《やつ》もいたもんだなとは思ったな。俺とはおっぱい議論を繰り広げるほどなのに」

「ふふ……。晴彦って本当にヒーローっぽくないわよね？」

「酷くない？　カリキュラムだって真面目に受けてたんだぞ」

「カリキュラム？」

「ヒーローになるために、特殊な施設で受けさせられるんだよ。懐かしいな、ガチガチの法律とかもやらされた」

ヒーローが持つ権利を考えれば当然のことだとは思うが、過去に戻ってもう一度やり直せとか言われたら断固拒否するな。

「なんか私の持ってるヒーロー像が崩れちゃうわね」

琴音がため息交じりに言った。

「ヴィランをかっこよく倒して、世界の平和を守ってる感じか？」

前世の俺や、この世界の人々の大半がこのイメージではないだろうか。

「違うわよ」

だが、琴音は俺の質問に顔を振る。

「道に困ってる人とか、木から降りられなくなった猫とか、落とし物をした人とか。そういう困ってる人を助ける人のことよ」

「なんかあんまりかっこよくないな」

琴音が小さく笑う。

「かっこいいわよ。誰かのためにできることをするって、物凄《ものすご》くかっこいいことよ？」

俺にはよく分からなかった。だってそれは誰にでもできることじゃないか。

それこそ――

「ヒーローとか関係ない気がするな」

「そうよ、ヒーローだからかっこいいわけじゃないの。誰かのために頑張ってくれれば、それだけでかっこいいの」

「それじゃあ俺ってかっこ悪いのか？」

よくよく考えてみると自分のためだけに戦ってきたとしか言えなかった。

俺の原動力はおっぱいだし。何のためにと聞かれればおっぱいとしか言えないよな。あれ？　俺っておっぱいで生きてない？

「晴彦はかっこいいよ、だって遊園地で皆のために戦ってくれたじゃない……。やり方はともかくとして」

あの時を思い出したのか、琴音が少し言《い》い淀《よど》む。

……そうか、そうだったのか。

「俺のマスクドパンツマンがそんなにかっこよかったのか……」

確かにあの姿は俺の鍛え込まれた肉体美を惜しげもなく披露してたからな、琴音が見惚《みと》れてしまうのも仕方のないことだ。

「……お休み」

「え？　お、お休み」

あれ？　なんか間違った気がするぞ。

琴音は毛布を頭まで被《かぶ》ってしまったし、仕方ないから俺も変なことしないで寝てしまおうか。

「こんばんは」

突然だった。

窓から琴音とは違う女性の声が聞こえてきた。

「琴音っ！」

第三者の女性の声が聞こえた窓は、琴音を挟んだ向こうにある。

琴音を跳び越すように跳躍して、網戸をそのまま蹴破る。

「誰だっ！」

「咄嗟《とっさ》の行動は及第点ってところかしら。ま、動きから見るにシルヴィア達では荷が重そうね」

外に出ると声の主と思われる女性が立っていた。

月明かりに照らされる赤い長髪が最初に目に留まった。

次いで視界に映ったのは羽織るようにしている厚手のコート。その内側はおよそ普段着とは思えない格好をしていた。

肌の露出は少ないが、全身に張り付くようにピッタリと着込まれた服装は、腹部を覆うことはなかった。

ショートパンツの下にタイツを穿《は》いており、高身長ですらりとした足がより強く主張されていた。

シルヴィアの胸も大きい方だったが、目の前の女性はそれ以上に大きく整った胸をしており、俺の視線は自然とそこに集中してしまう。

「女性の体をそんな舐《な》め回《まわ》すように見るなんて、いやらしいわね」

言葉とは裏腹に、女性が見せる態度は堂々としていた。自身に対する圧倒的な自負が服を着て歩いているような、凛々《りり》しい立ち姿をしていた。

「いいおっぱ、じゃなかった、良い服着てるな」

強敵だ。

何がとは言わないが。強敵だ。

突然現れた外敵に対して、警戒を強めながら相手の情報を少しでも集めようとする。しかし、それを嘲笑《あざわら》うように目の前の女性は自己紹介を始めた。

「服を褒めてくれてありがとう。私の名前はパトラ、貴方にはこう名乗った方がいいかしら？」

パトラと名乗った女性が空《から》の手を振るう。そして、振り切った手には赤く光る鞭《むち》のようなものが現れた。

「ヴィランよ、ヒーローさん？」

俺はパトラの挑発ともとれる言葉を無視した。それ以上に気になることがあったからだった。

俺の視線はパトラの手に持つ赤く光る鞭のようなものに注がれる。

「赤い鞭、そしてパトラ……赤鞭か」

俺は目の前のヴィランを知っている。

「私の通り名を知ってるなんて、光栄ね」

ヒーローにヒーロー名があるように、ヴィランの中には実名とは別の名前、通り名を持つ者がいる。

大抵、そういったヴィランはヒーローから危険人物指定されていることが多く、目の前にいる赤鞭と呼ばれるパトラもその例に漏れない。

「赤鞭の資料はしっかりと記憶している。相当にエ……、じゃなかった。戦い方が残虐で、被害者の大半は身元が特定できないほどの有様だと聞く」

それに、パトラはヴィランにしては珍しく、ヴィランを襲うヴィランとして名が知られていた。

しかも、その大半がヒーローが凶悪と判定しているヴィランであり、一部ではパトラを擁護する声すら上がるほどだった。

実際、調べがついているパトラの犯行の被害者に、一般市民は含まれていない。ヒーロー機関内でもパトラという存在は、ヴィランの中でも稀有《けう》な存在だった。

だが、彼女に襲われたヴィランの末路は凄まじく、顔はズタズタにされ、死体の様子から、わざと殺さず苦しみを与えながら殺していることが分かっている。

付いた通り名が赤鞭。ヒーローからもヴィランからも狙われると同時に、その全てを跳ね除《の》けるほどの力を有する存在だった。

自然と頬《ほお》に汗が流れる。

「何をしに来た。目的はなんだ」

「まったく、女性との会話の仕方を知らないのかしら。いきなり目的を聞くなんて野暮《やぼ》だとは思わない？」

「知らないな、他ならともかく、アンタは赤鞭だ。俺も余裕がないんでな」

腰を落とし、いつでも戦闘に入れるように構えるが、パトラはそんな俺を前にしても一切の余裕を崩さず、構えるそぶりすら見せない。

「私、赤鞭って呼ばれるの嫌いなのよね。ほら、可愛《かわい》くも美しくもないじゃない。だから私のことはパトラと呼んで欲しいわ」

「これは失礼したな、確かにパトラの方が響きが良い」

ここで余計な波風を立てる必要もない。素直に呼び名を訂正する。

「ふふ、それじゃあ……始めましょうか」

目の前にいたはずのパトラの姿が消える。

「さっさとPF能力を使いなさい、じゃないと……」

後ろから声が聞こえた時には既に遅く。

背中を強烈な痛みが襲い、大きく吹き飛ばされてしまう。

「死ぬわよ」

焼けるような痛みを感じながら、先ほどまで俺が立っていた位置にいるパトラを見る。

「何が、起きた？」

「ただ速く動いただけよ。ちょっとしたコツはあるけれど、大したことはしてないわ」

大したことはしていない？　それであの速度かよ。

流石《さすが》に要注意人物とされるだけはある。

「さっさと変身してみせなさいな、そうでもしないと戦いにもならないわよ？」

「どうやらそのようだな、だけど変身した後の俺を見て笑わないでくれよな」

吹き飛ばされたことで自分が飛び出してきた窓が見えた。そこには心配そうにこちらを見つめる琴音の姿があり、ペトラの目的が彼女であるかは不明だが、その意識がこちらに向いているうちにケリを付ける必要があるな。

「〝変身〟」

ＰＦに意識を集中させてキーワードを口にする。パトラはシルヴィア達のように油断をして勝てる相手ではないことは、先の一撃で十分理解した。

全身に力が漲《みなぎ》る感覚と同時に、強い光に包まれる。

光は十秒と待たずに消え、消えゆく光の中から全身白タイツ姿になってパトラの前に出る。

「さっきのようには行かないからな！　それと、おっぱい揉《も》んでもいいですか？」

それでもおっぱいは揉みたいです。はい。

いや、だって大きいんだもん。あれだよな、スイカとかの表現ってまさしくだよな。

「ふふっ、話には聞いていたけど相当面白いわね。いいわよ？　でも女性の胸を揉むってことは、そのまま首を捩《ね》じ切《き》られても文句は言えないわね」

「死なないさ、パトラのおっきいおっぱいを揉んで、ついでに捕まえてやる！」

「……貴方《あなた》、変身前の時の方がまだ格好よかったわよ？」

パトラが呆《あき》れたように言うと、後ろにいた琴音まで笑いを堪《こら》えながらも同意するように頷《うなず》いているのが見えてしまった。

いや琴音さん、笑ってらっしゃいますが意外とシリアスムードですよ？　ってか絶対俺の姿見て笑ってるだろ⁉

「ほ、本当の姿はこれじゃないんだ……俺だってこんな格好じゃなければ——ってうお！」

問答無用かよ！

シルヴィアの時同様気落ちしそうになったが、無言で振るわれたパトラの鞭によって強制的に思考が断ち切られる。

「貴方の気持ちなんてどうでもいいのよ。まずはそれがどの程度なのか、見せてもらいましょう」

パトラはそう言うと、今度は高速で動くことはせず、その場に立ち止まったまま鞭を振るい始める。

ある程度の距離があるとはいえ、ＰＦ能力で作られた鞭による攻撃は常識では考えられない速度をもって襲い来る。

「その距離なら！」

だがまだ距離がある。

大きな回避行動をすることなく、その場で最小の動きをもってパトラの攻撃を回避していく。変身したことによって全体的な身体能力が向上した俺には、パトラが振るう鞭の軌道がしっかりと見えていた。

「ふうん」

その様子が気に入らなかったのか、パトラの振るう鞭の速度は次第に加速していくが、何とか避《よ》け続ける。

「そこっ！」

パトラには聞こえない小さな掛け声と共に、微《かす》かに見えた鞭による連撃の隙間を突くよう、一息でパトラのもとまで高速で詰め寄る。

ゼロ地点からの急激な加速を見せた俺に、油断していたパトラは咄嗟の対応ができずに接近を許してしまう。

「はあ！」

手の届く位置まで距離を詰めた俺は拳を振るった。

もにゅ。

「は？」

呆《ほう》けたような声が聞こえた。だが、パトラの胸に優しく押し当てられた右手を見て、俺だけが強気な笑みを浮かべた。

「想像以上に、柔らかいぜ」

手に伝わる感触はシルヴィアの時とも大きく違った。

沈むのだ。手がこう、ぐにゅっと。それなのに包み込みながら押し返そうとする感触は、シルヴィア以上とも言え――

「死になさい」

パトラの冷たい声が聞こえると同時に、俺の顔めがけて回し蹴りが繰り出されるが、顔を逸《そ》らすようにして回避する。

そして回し蹴りを放ったパトラが体勢を整える前に更に仕掛ける。

「はいやっさあ！」

今度は下からすくい上げるようにして、両手でパトラの胸を下から押し上げる。

ぽよん。

手に伝わる、胸というには重過ぎる重量感、そしてシルヴィアの時以上に感じる胸としての存在感が、俺の両手に強く圧し掛かる。

激しく動くことを想定しているのか、パトラの着る服が胸を強く圧迫していることもあり、手に伝わる感触は少し硬い。だがそれを差し引いても余りあるほどに、パトラの胸は柔らかかった。

手に乗る幸せをできる限り噛《か》み締《し》めるが、そんな夢のような時間が長く続くことはなかった。

「貴方って、本当に死にたいようね」

「あ、いや！　これはＰＦの欲求というか……ってうわ！」

怒りに震えるパトラに俺の全身の血の気が引いていく。

反射的に慌てて離れようとするが、胸に夢中だったこともあり、前のめりになっていた体を無理やり動かそうとしたことで、大きく体勢を崩してしまう。

体勢を崩した先には奇《く》しくもパトラの胸があった。

ぼふん。

天国を見た。

顔を包み込んであまりあるパトラの胸に顔を埋《うず》め、それ以上体が倒れないように、どうにか摑《つか》める場所に両手を添える。

シルヴィアの時はその温かさと形の良さが目立ったが、パトラはその大きさから違っていた。そして顔を包む綿のような柔らかさは、収まりが良いとかそういう話以前に、最高の安らぎを与えてくれた。

甘い匂いが鼻腔《びこう》を強く刺激する。

「もう、そんなに私のおっぱいが好きなのね」

呆れ混じりにパトラが呟《つぶや》く声が聞こえた。次いで遠くの方で大声を上げる琴音の声も聞こえたが、ただの雑音にしか聞こえなかった。

「貴方にとっては最後になるのだから、堪能していくといいわ」

「へ？　あばあああ!?」

俺の全身にパトラの鞭《むち》が巻きつく。

通常の鞭であれば、変身後の力で引きちぎることもできたのだが、巻きつく鞭はパトラのPF能力で作られた物であり、幾ら力を込めようとも鞭から逃れることはできなかった。

「人間ピンボールって知ってるかしら？」

その響き、絶対やばいじゃん。

答えを待つつもりもない様子でパトラは鞭を大きく振り回す。

巻きついている鞭に強烈に引っ張られる感覚と共に、身動きの取れない俺はコンクリートの地面に背中から強く叩《たた》きつけられる。

「ガハッ！」

背中に伝わる衝撃が肺に溜《た》まっている空気を押し出す。

視界にチラチラと銀粉が舞い散るのが見えたのも束《つか》の間《ま》。

鞭に再度引っ張られる感覚と共に、今度は琴音が住んでいるアパートの壁に叩《たた》き付けられる。

本来人がぶつかった程度ではびくともしない壁だったが、今回ばかりは壁としての役割を果たすことはできず、叩き付けられた俺を巻き込んで壁が瓦解する。

「晴彦！」

幸い建物が崩れるほどではなかったが、これが何度も続けばそう遠くないうちにこのアパートは瓦礫《がれき》の山と化してしまうだろう。

「い、今はジョーカーと呼んでくれ。それよりも外に逃げろお！」

どうにか荒い呼吸を繰り返し、琴音に逃げるように伝える。

最初は足が竦《すく》んでしまい動けなかった琴音だったが、俺が強い視線を向けると飛び出すように外へ走っていく。

「まだまだ行けるわよね！」

外にいるパトラの声と共に、巻きついている鞭が強烈に引っ張られる。

半壊した壁のがれきに埋もれるようにしていた俺だったが、上に載っていた瓦礫を押しのけてパトラの前まで引っ張り出されて転がる。

「でも、身動きできないこの状態じゃ面白みがないわね」

呟くように言うと、俺に巻きついていた鞭が解かれる。

「な、なにがしたいんだ……」

残る痛みに顔を歪《ゆが》ませながら立ち上がった俺の目に映ったのは、パトラの周囲で浮遊する複数の黒球だった。

拳大ほどのそれは、物理法則を無視するようにパトラの周囲に浮かんでゆったりと上下に揺れていた。

「面白いでしょう？　名前がついてるのだけど、面倒だから黒球って呼んじゃってるのよね。でも、これかなり使いやすいのよ。例えばほら」

パトラは口以外の部位を動かすことはしなかった。だが、パトラの代わりに浮遊する黒球の一つが突如加速して襲いかかってくる。

「はっ！」

爆弾かもしれないそれを受けるわけにはいかず、当たる直前で回避する。

目標を見失った黒球は止まることなく加速を続け、俺の後ろにあったアパートの壁を轟《ごう》音《おん》と共に破壊する。

そのあまりの威力に目を見開いて驚く。

「え、当たってたら死んじゃうじゃん、殺意高くない？」

壁を破壊した黒球だったが、ひとりでに浮き上がりパトラのもとへと帰っていく。

「どうかしら、破壊力だけじゃなく耐久力もあるのよ。かなり便利よね」

「んな危ないもの振り回すんじゃねえよ！」

当たったらマジで死ぬじゃん！

「ふふっ、ヴィランにそれを言ったところで無駄よね」

あ、そうでした。貴方ヴィランでしたねチクショウ！

「ほら、守るのがヒーローでしょう？　先に教えてあげる、私の狙いは貴方じゃなくて貴方が守っている琴音朱美《あけみ》よ」

　ピクリと体が動いてしまう。

　やはりパトラの目的は琴音だった。

「どうして琴音を狙うんだ？」

「聞かれて素直に答えるヴィランがいると思って？」

　今度は二つ、黒球が俺を襲う。

「グゥッ⁉」

　一つの目の黒球をどうにか躱《かわ》す。しかし二つ目の黒球を避けたその時、避けたはずの一つ目の黒球が後ろから背中を襲う。

　一度目は避けきったはずの黒球を避けることができず、背中に鈍痛が響く。

「ほらほら！　数はまだあるのよ！」

　三つ目の黒球が飛んでくる。

　痛みに硬直してしまう体を無理やり捻《ひね》り、どうにか避けようとする。

　しかし、迫る黒球が俺の目前で曲がると俺の腹部に突き刺さる。

「んっがあっ！」

　四つ目の黒球が更に飛来する。

襲い来る黒球の数は更に増えていき、パトラの周囲に浮かんでいた黒球の全てが俺を襲う。

「あっはははは！　まったくヒーローが情けないわねえ！」

パトラが加虐的な笑みを浮かべ、堪《こら》えられない笑いを惜しげもなく吐き出す。

だが、そんなことを気にする余裕はなかった。

シルヴィアの刀を防いだ白タイツが、その防御力を発揮することなくボロボロになっていく。

全身に広がる鈍痛が思考を止めていき、視界が少しずつ暗くなっていった。


「は、晴彦……！」

琴音は目の前でジョーカーが黒球によってボロボロにされていく光景が信じられなかった。

初めてヒーローとヴィランが戦う光景を見た。テレビやネットで見る、結果だけが文字となって表示されるものでも、ヒーローアンチが上げるヒーローとヴィランの戦う動画でもない。

ましてやモラウの時とも圧倒的に違っていた。

現実として、目の前で起きている光景が、琴音には信じ難かった。

知らなかった。ヒーローとヴィランの戦いがこんなにも血生臭いモノだったなんて。

分からなかった。ヴィランという存在がどれほど恐ろしいものなのか。

気付かなかった。今まで想像していたヒーローという存在が、煌《きら》びやかなだけの世界にいるわけではないということに。

見たくなかった。自分を守ると言ってくれたヒーローが、ヴィランに蹂躙《じゅうりん》される姿なんて。

少し前まで、こんな光景が自分の目の前で起きるなんて想像もしていなかった。

たった数分。ほんの少しのことを考えることができる程度の、そんな僅かな時間で、自分が当たり前に享受していた平穏が崩れていく。

「止《や》めて……」

黒球を避《よ》ける素振りすら見せず、もはや黒球から受ける衝撃のみで無理やり立たされているジョーカーの姿が目に焼き付けられる。

琴音は大切な友人を前にして、助ける術《すべ》を持っていなかった。

「もう止めて！」

抑えきれない気持ちが、琴音の悲痛な叫びとなった。

ピタリと、ジョーカーを襲っていた黒球がその場で停止する。黒球だけ時間が止まったかのようだったが、その中でジョーカーだけがゆっくりと力なくその場に倒れる。

「はぁ、シルヴィア達が負けたというから期待していたのだけど、大したことないのね」

ジョーカーに向けられていたパトラの視線にもはや興味の色はなく、道端のゴミを見るようなものに変わっていた。

「なんで……なんでこんな酷《ひど》いことをするのよ！」

「なんでって、私はヴィラン。酷いことをする存在にその質問は無意味よ」

混乱する思考の中で、琴音は自分にできることを必死に探した。自分が今するべきことは傷ついたジョーカーを助けることだ。

「私が目的なんでしょ、なら私を連れていけばいい！　だからこれ以上彼に手を出さないで！」

「標的から来てくれるなんて願ったり叶《かな》ったりだわ。いいわよ、貴方《あなた》が大人しく付いてくるならこれ以上のお遊びは止めてあげる」

パトラが琴音に向かって手招きをする。

「はる……ジョーカー、ごめんなさい」

後は自分がパトラと一緒にここを立ち去ればいい、そうすれば晴彦は助かる。琴音はパトラのもとに向かって歩き始める。

「あ、あれ……？」

だが、足が動かなかった。

地面に根を張っているのかと思えるほどに、琴音の足は地面から一切離れようとはしなかった。

「どうしたのかしら？　早く行くわよ」

「足が、動かない」

「はぁ、たまにあるのよね。良いわ、私が行くから大人しくしてなさい」

動けない琴音の様子にパトラはため息を吐《つ》き、面倒だという表情を隠すこともせず近寄る。

「琴音に……近寄るな」

だがジョーカーの声が、黒球によって倒されたはずのヒーローの声が二人の耳に届く。

「あら、あれだけのダメージでまだ動けるなんて。これは予想外ね」

「ジョーカー！　動いちゃダメ！」

二人が視線を向けた先で、ジョーカーは立っていた。

全身に見られる打撃痕がどれだけのダメージを受けたのかを証明していた。

全身の白タイツは破れこそしていなかったが、だからといってジョーカー自身が無事だという証明にはならない。

「はぁ、はぁ」

肩で息をするジョーカーが、パトラに向かって走り出す。

「やっぱり、その能力はただ身体能力が上がるだけじゃないみたいね。でも無駄よ」

パトラの言葉と同時に、先ほどまで停止していた黒球が一斉にジョーカーに襲いかかる。

動けたとはいえ、ジョーカーにはそれを避けるだけの力はなかった。

「……ッ!?」

もはや声すら出ない痛みとダメージを受け、ジョーカーはパトラとの距離を少し詰めた程度の位置で倒れる。

「何で！　どうして！　もうジョーカーには攻撃しないって言ったじゃない！」

「だって仕方ないでしょう？　彼から来たのよ。あのまま大人しく眠ってれば私だって攻撃しないわ」

「に、げろ……ことねぇ」

力のない声が、ジョーカーの口から漏れる。

「ほら、行くわよ」

パトラが琴音のもとまで辿《たど》り着くと鞭で琴音を拘束する。

これでジョーカーが救われる。自分はどうなったっていい、それでジョーカーが助かるのなら。

琴音が自分をPF能力者と知ったのは一枚のPF能力検査結果だった。

最初は驚いた、しかし結局何も変わらないのだろうと思った。

そして、幡部《はたべ》晴彦と出会った。出会いは自身の下着を見られるという最低なものだった。

それだけではない、護衛中に男として嫌いになるには十分なことを彼は積み重ねていった。

嫌な部分が大半を占めていたが、不思議と嫌いにはならなかった。彼が身近にいる生活はなんら苦にならなかった。

たった数週間。気が付くと琴音にとって晴彦は初めての友人になっていた。

こんな日が続くものだと思っていた。しかし、それは束《つか》の間《ま》の楽園に過ぎなかった。

「ふぅん。どうしましょう」

横でパトラが何かを言っていたが、琴音の耳に届いたそれはあまりに抽象的過ぎた。

「まぁ、仕方ないわね」

「え？」

だが、次にパトラが見せた光景に琴音は絶句した。

パトラの周囲に浮かんでいた黒球の一つが、ジョーカーに向かって突撃し始めた。

「あ、あああああああああ！」

琴音は見ていることしかできなかった。黒球が真っすぐに倒れているジョーカーに向かっていく光景が、スローモーションのように見えた。

黒球は速度を落とすことなく、むしろ加速していった。

ドガアアアアア！

瓦礫《がれき》の山と化した場所が、黒球の衝突によって砂塵《さじん》を巻き上げるが、ジョーカーの無事は期待できない威力であることは明白だった。

「追って来られても困るのよ、意外とタフそうだったし」

「ああああああ！　晴彦！　晴彦！」

「ほら暴れないの！　痛い思いはしたくないでしょう？」

晴彦が、死んでしまう。

脳内に最悪な文字が浮かび上がった。

どうしてこんなことになったのだろう、どうして自分はここまで無力なのだろう。

晴彦が無事なのか、それだけが琴音の思考を支配していた。どうにかパトラを振りほどこうとするが、晴彦が一方的に負けてしまうようなパトラを振りほどくことはできず、されど諦めきれない琴音はがむしゃらに動いた。

「自分のPF能力すらまともに使ったことがないのに、余計なことしないでくれる⁉」

「グッ！」

業を煮やしたパトラの拳が腹部にめり込む。初めて感じる暴力的な痛みが、琴音の昂《たかぶ》った感情を一気に鎮静させる。

そしてようやく大人しくなった様子を見せる琴音に、パトラが小さくため息を吐《つ》く。

（そうだ、PF能力がある。私にはまだできることがある……！）

だが、琴音の思考は冷静さを取り戻したことで高速に回転を始める。自分が持てる手段の中でPF能力だけが可能性を持っていた。そして電子系に分類されるという、たったそれだけの情報を何かに紐《ひも》づけようとした。

（そういえば、あの鞭《むち》はPF能力。つまり黒球はパトラのPF能力じゃない？）

周囲を浮遊する黒球に目を向けた瞬間、琴音は自分の世界が広がる感覚に襲われた。

分からないものが分かる、知らないはずのことを、何故《なぜ》か知っている。

どうして自分がこれを忘れていたのかと思えるほどの情報が、琴音の頭の中でスパークした。

「止まれ」

自然と口が動いていた。

「何を言っているのかしら……ッ!?」

パトラは琴音が突然発した言葉に、とうとう心が壊れてしまったのかと思った。しかし周りを見た瞬間、琴音の言葉が自分に向けられているモノではないことを知った。

周囲を浮遊する黒球の全てが、止まっていた。

「こいつを攻撃しろ！」

次いで発した言葉は琴音らしくもない、抽象的で対象を一切絞っていない言葉だったが、その言葉に黒球は何の迷いも見せることなく稼働する。

周囲を浮遊していた黒球が、パトラ目掛けて一斉に攻撃を開始した。

「ＰＦ能力ッ!?」

あのジョーカーを一方的に倒してみせた黒球。その力がまさか自分に向けられるとは思っていなかったパトラだが判断は一瞬だった。

琴音がＰＦ能力で黒球を操ってみせたことから、直接自身に対して有効な攻撃を行えるものではないと踏んだパトラは、琴音から離れて黒球と真正面から戦闘を始める。

「これで勝ったつもりかしら！　この玩具《おもちゃ》を全部壊したら覚悟しておきなさい！」

だが、依然としてパトラの余裕は崩れない。実際、パトラは迫りくる黒球の全てを回避しながら黒球を壊し始める。

全ての黒球が壊されるまで数分程度しか時間は稼げないだろう。

「晴彦！」

しかし琴音にとってはその数分だけでよかった。

後のことは考えず、ただ真っすぐに晴彦のもとへ向かう。先の黒球の威力から、晴彦の様態は楽観視できないと思われたが、幸いにも黒球は晴彦のすぐ横に着弾していた。

晴彦が無意識のうちに体を動かしたのか、黒球が逸《そ》れたのかは分からないが、晴彦の無事が確認できた琴音は必死に呼びかけた。

「ねえ、起きてよ晴彦！　早くしないとアイツが来ちゃう！」

だが、琴音が幾ら声を張り上げても晴彦が起きる様子はなく、虚《むな》しく琴音の声だけが残響した。

「私嫌よ！　今日の罰ゲームだってしてないじゃない！」

晴彦の手を強く握った。

男性の手とはこうまで自分と違うのかと、初めて知った。

太く、大きく、そしてゴツゴツとした晴彦の、男性の手。この手で幾多のヴィランと戦ってきたのだろう。しかし、今はその手も力の一切が込められていない。

後ろで聞こえる戦闘音が次第に小さくなっていく。

「起きてよ！　起きて貴方だけでも逃げて！　このままじゃ殺されちゃう！」

幾ら呼び掛けても起きない晴彦に、琴音はそれでも声を張り上げ続けた。

何を思ったのか、琴音は摑《つか》んでいた晴彦の手を自分の胸に押し当てる。

初めて自分以外の人、しかも男性の手が服の上から自分の胸を触っている感触はくすぐったいものだった。

「私の胸を小さいって言ったわよね。でも、私だって女よ。こんな小さい胸でよかったら幾らでも触らせてあげるから！　髪だってほら、綺麗《きれい》だって褒めてくれたじゃない。髪だって幾らでも触っていいから！」

琴音自身、自分で何を言っているのか分からなかった。だけどジョーカーがそれで起きるなら琴音は何だってやる覚悟があった。

夜の肌寒さを押しのけるように、体中が熱くなるのが分かった。

「言ってくれたじゃない、絶対に守ってくれるって……。違う、そうじゃないの、守ってくれなくてもいい、生きてくれればそれだけでいいから……。だから起きてよ……晴彦！」

「ふぅ、やっと終わったわ」

後ろで激しくなっていた戦闘音がいつの間にか消え、パトラの静かな声だけが聞こえてきた。

「そんなに大切なら、最初から素直に従っておけばよかったのよ」

「貴方《あなた》なんかに分からないでしょ！　私にとって特別な、大切な人なの！」

「知らないわよそんなこと。それよりほら、本当に痛い目を見たくなかったら、大人しくこちらに来なさい」

琴音はこの時ハッキリと感じた。ヴィランから向けられる本物の殺意。

「……ッ」

全身の毛が逆立ち、逆らってはいけないのだと本能的に察してしまう生物としての格の違い。

唯一対抗できた黒球は既にただの鉄くずになっている。つまり、現状において琴音が取れる行動は何一つなかった。

「ごめんなさい、晴彦。でも、貴方が無事なら私はそれでいい」

胸に押し当てていた晴彦の手を、ゆっくりと放そうと引っ張る。だが、力が入っていな

かったはずの晴彦の手は、琴音の力ではピクリとも動かなかった。

「おお、ちっぱい故の柔らかさか」

「あ……」

もう聞くことはできないと思っていた声が聞こえた。そしてゆっくりと、胸に押し当てているジョーカーの手が動き始める。

大きく開かれた手が自身の胸を包み込む。自分で押し当てた時とは違う、誰かの意思で胸を揉まれる感覚に、思わず息が漏れる。

「ふふっ、私のヒーローってお寝坊さんなのね」

「はは、ごめん。琴音のおっぱいの触り心地が良過ぎて目が覚めたみたいだ」

それから数回。優しく包み込むようにジョーカーの手が動き、そしてゆっくりと離れていく。

胸にあった心地よい圧迫感が消えたことに、一抹の寂しさを感じたが、それ以上に目の前でゆっくりと立ち上がるヒーローの姿に、琴音は見惚《みと》れていた。

「助けられちゃったな。だけど安心してくれ、こっからは琴音を守るためだけに俺は全力を出す」

「アハハ、なにそれ……でも、うん。晴彦の、ジョーカーのかっこいい姿、私に見せて？」

ジョーカーがゆっくり立ち上がると、まるで一本の柱がそこに立っているように錯覚してしまう。

どっしりと大きく、地面に我が物顔で仁王立ちする姿。

それはまさしくヒーローだった。

「あら、そんな見た目なのに言うことはかっこいいのね、ヒーローさん？　でも起き上がったからってどうなるの？　黒球がないからって私に勝てるとでも思ったのかしら」

パトラの言葉で、琴音は現実に引き戻される。

確かにそうだ。ジョーカーは黒球に倒されてしまったが、パトラはその黒球を無傷で破壊しつくしている。

ジョーカーが起きたからといって、パトラに勝てる見込みはなかった。

「はっはっはっ！　ヴィランが余裕こいてどうする。教えてやるぜ！　ヒーローの変身ってのは一度きりなんて決まりはねえんだよ！　それに変身ってのはな、苦難に立ち向かう人間が戦うために謳《うた》う勇気の言葉なんだぜ！」

パトラの挑発にジョーカーは真正面から受けて立つつもりのようだった。ジョーカーは腰を落とし、構える。

「〝変身〟」

キーワードを口にすると共に、ジョーカーの体が強い光で包まれる。しかし、その光は最初の時以上の光を放っていた。

次第に収まる光の中からジョーカーが姿を現す。

「久しぶりにこの姿になれた」

変身後の見た目は全身白タイツの時とは違い、白を基調とした戦闘スーツ姿だった。顔にはマスクを被り、体の要所に装甲を纏っていた。

それは立ち姿一つで誰もがヒーローだと認識できる姿だった。

ジョーカーの変わりように、琴音もパトラも目を見開く。

「ふうん、意外とかっこいいじゃない。見た目だけじゃないことを祈るわ」

「失望はさせない。だが、久しぶりのこの姿なんでな。怪我《けが》をさせてしまったら済まない」

挑発を返されたパトラは静かに表情を険しくする。

「っと、その前にだ」

これから戦闘が始まろうとしたタイミングで、ジョーカーがパトラも琴音もいない方向、瓦礫《がれき》の山となっている琴音の部屋に入っていく。そしてすぐに戻ってくるが、その手には黒縁の眼鏡を持っていた。

ジョーカーは持ってきた眼鏡を琴音に渡す。

「ほれ、これがないと俺のかっこいい姿が見えないだろ？」

「もう、どれだけ自信満々なのよ」

琴音は嬉しそうに手渡された眼鏡を掛け、ジョーカーの姿を改めて見る。

「うん、かっこいい姿がよく見える！」

「そうだろ？　んじゃちょっくらヴィラン退治に行ってくるから。琴音は離れた所にいてくれ」

暗に戦闘が激しくなると伝えられた琴音は、小さく頷《うなず》くと背中を見せてジョーカー達から離れる。

琴音が離れていくのを見送った俺は、パトラへと向き直る。

「悪いな、待たせてしまって」

「いいのよ、私も消化不良だったから。でも、ここまでお膳立てして肩透かしだったら、容赦しないわよ？」

パトラが加虐的な笑みを浮かべ、鞭《むち》を振るう。

今まで避《よ》けていた攻撃だったが、今度は真正面から敢《あ》えて受け止める。

「結構堅いのね」

白タイツの時とは違い、今のスーツはパトラの攻撃を完璧に防いだ。

「なら、これはどうかしら！」

「うおっ！」

まるで生き物のように動く鞭が、俺の体を縛り上げる。

「そらっ！」

パトラが全身をしならせるように鞭を振りかぶる。

「ふん！」

「きゃっ！」

しかし、俺は硬いコンクリートに思い切り足を突き刺し体を固定すると、体を縛っていた鞭を逆に引っ張り返す。

思ってもいなかった抵抗に、パトラは悲鳴を上げながら体勢を崩す。

「うおらあ！」

「う、そ……」

次いで全身に力を込めて内側からパトラの鞭を無理やり引きちぎることで拘束を解いた

俺に、流石《さすが》のパトラも目を見開いた。

「はっはっはっ！　これぞパワー！　これぞ脳筋じゃい！」

体に漲《みなぎ》る懐かしい力の感覚に、俺のテンションは上がりまくっていた。

俺は地面に突き刺していた足を引き抜くと、そのままパトラに向けて高速で接近する。

「ハイ右！　ハイ左！」

そして高速でパトラの胸を掛け声に合わせて優しくビンタする。

さっきのお返しだ！

「何やってんのよ！」

「なんのこれしき！」

俺の高速パイタッチに怒ったパトラが力任せに攻撃するが、俺はそれを目で追いながら避けていく。

その間もパイタッチの手は休めずに、ペチンペチンと音を立て続けた。

「そして極めつき！」

顔の前で手刀の構えを取った俺は、それを真っすぐに振り下ろす。

振り下ろす先は勿論《もちろん》パトラの胸の谷間。

しゅぽ。

「……おういえ」

手に感じるこの圧迫感、そしてやはり戦闘というハードな運動はそれなりに汗を掻《か》く。手に伝わるじんわりとした温かさと少しの汗ばんだ感触、本当に最高です。

「……」

自身の胸に収まった俺の手を見つめた状態で、パトラが停止する。

「本当に、本気を出さないつもりかしら？」

パトラの大きく発せられたわけでもない声が、俺の耳に届いた。

「なら、死ぬことね」

瞬間、パトラの姿が掻《か》き消《き》える。

「は……グッ!?」

腹部に強烈な痛みを感じて俺は真っすぐに吹き飛ばされる。

「な、なにが？」

地面に転がりながらも、俺はパトラが何処《どこ》にいるのか周りを確認した。そして見つけた。

パトラは一切動いていなかった。

その代わりに、パトラのすぐ近くを浮遊する鞭があった。恐らくあの鞭による攻撃だろう。

だが、その威力は少し前までとは比べものにならなかった。

「さて、これで少しは本気を出してくれるかしら？」

「何だよ、まだ力を隠してたのか」

起き上がりながら、腹部のダメージを確認する。

幸いにもダメージが少なかったこともあり、戦闘への支障はないがそれ以上に不気味な雰囲気に言いようのない感覚に襲われる。

「あの程度で本気と言われたら、私も舐《な》められたものね……ほら、早く続きをしましょう？」

そう言って鞭を構えるパトラだったが、俺は戦闘の構えを見せなかった。

「パトラ、降伏してくれないか？」

「はあ？」

突然の言葉に、パトラは思わず素っ頓狂な声を上げてしまう。だが、俺はこのタイミングしかないと、本気で思っていた。

「パトラの目的は知っている。そして理由は分からないが、俺を殺す気がないことも分かっているつもりだ。その上で言わせてくれ」

パトラが現れてから今の状況に至るまでを思い返すと、幾つかの不明点があった。

パトラにとって俺を仕留め、琴音を攫《さら》っていくことは容易に行えるものだったはずだ。

しかし、パトラはわざと自身の姿を晒《さら》し、俺がいる日に襲ってきた。

そして黒球の威力をもってすれば、俺を再起不能どころではなく確実に息の根を止めることも容易だった。

だからこそ、俺は今しかないと踏んだ。

「パトラ、降伏してくれないか」

それがパトラというヴィランの逆鱗《げきりん》に触れるものだとしても。

「どうして私が降伏しないといけないのかしら」

「パトラの今までの活動は資料で知っている。君ならヴィランじゃなくてヒーローとして活躍できると思うんだ！」

俺は気付かなかった。

血が流れるほどにパトラの手が握りしめられていることに。

「君はシルヴィアにも伝手《つて》があるんだろう？　なら彼女達も一緒に、うちに来てくれないか。俺はパトラ達を助けたいんだ」

俺はミスターハンマーから聞かされたヴィランの話から、ずっと考えていた。シルヴィア達は調べてみてもヒーローと戦うことはあっても、民間人には手を出した記録がない。

それは目の前にいるパトラも同じだった。だからこそ、ヴィランにならざるを得ない状況だったのかもしれない。

やりたくないのに、ヴィランとしてしか生きられない状態なのかもしれない。

それならヒーローとして自分が、彼女達を助けることができ——

「ふざけないでくれるかしら」

たった一言。

パトラの放った一言で、俺は金縛りにあったかのように体の自由が利かなくなった。それほどの気迫が俺を襲っていた。

「確かに、私達はヴィランとして生きるしかなかった。ヒーローが助けてくれると思った日もあった……でもそれは昔の話よ」

パトラの雰囲気がガラリと変わる。今までに感じたことのない明確な敵意が、俺の全身を包み込むように纏《まと》わりつく。

「そうね……今から私がたった一撃、このローズウィップで攻撃するから、それを受けて膝の一つでもつかなかったら、大人しく降伏してあげる。勿論、シルヴィア達も」

俺に視線を合わせず、パトラは鞭、ローズウィップと呼んだ武器を撫《な》でながら口にした。

パトラの言葉にはミスターハンマーや特務長の時に感じたような、重く圧し掛かるような質量が籠《こも》っていた。

だが、さっきの威力でも受け止めることができた一撃だ。たとえその時よりも威力が高くても、一撃程度なら耐えられると俺は考えた。

「分かった、俺は膝を絶対につかない」

「ふふっ、じゃあ行くわよ」

軽い口調だった。まるで散歩に出かけるかのような、自然な言葉と共に振るわれた一撃。

それは空気を切り裂いた。

「カハァッ⁉」

衝撃も威力も高い、だがそれ以上に全身を切り裂くほどの圧倒的な痛みが襲ってくる。

あまりの痛みに体が震え、思わず膝をついてしまう。

あれだけ膝だけはつかないようにと、意志を固くしたはずだった。

固めた意志は紙切れのように引きちぎられた。

「ねえ、たかがヴィランの一撃はどうだった？」

パトラが余裕の笑みを浮かべながら話しかけてくるが、俺は全身に走る痛みで答えるどころではなかった。

「分からないわよね？　どうしてこんなにも痛いのか」

ローズウィップを愛《いと》おし気《げ》に撫でながら、パトラが続ける。

「その痛みはね……私の誇りなの」

静かに語るパトラの言葉が、痛みに思考を支配された俺の耳にハッキリと響いてきた。

「私が初めて殺したのはヴィランじゃない、私の両親」

「お、親を殺したのか？」

痛みの中で、ようやく話せるようになった俺は、未《いま》だに残り続ける痛みに表情を歪《ゆが》ませながらも口を開いた。

「そう、私の親は本当にクズのような人間だったわ。優しくて、善良で。そして弱かった」

パトラの話はまるで俺に教える気がないのではと思えるほどに、要領を得なかった。だが、特務として活動してきた俺には、何となくではあるが察することができた。

ＰＦ能力者と呼ばれる存在が現れてから暫《しばら》く、超常的な力の影響を最も受けた人を挙げるのなら、それは子供だった。

パトラもその被害者の一人なのかもしれない、そしてパトラとの交流を持つシルヴィア達も。

「私達はずっとヴィランとして、薄暗い世界で生き残ってきた。分かるかしら？　この痛みこそが、私が私であることの証明。パトラというヴィランが美しく咲き続けている証《あかし》なの」

妖艶な笑みを浮かべ、パトラがローズウィップを振るう。

空気を切り裂く炸裂音《さくれつおん》と共にローズウィップが俺のすぐ横の地面を抉《えぐ》り取《と》っていく。

「私達は自分達の力で生き残ってきた。泥水をすすり、涙と血を流し、ゴミに埋もれたとしても。私達はここに立っているの」

パトラの表情が一変する。憤怒に顔を歪ませて俺を睨《にら》む。

「たかだかヒーローごときが偉そうに言わないで。私達の存在意義を決めるのは貴方《あなた》じゃない。たとえその先に惨《むご》たらしい終わりがあったとしても、その終わりでさえ私たちは彩ってみせる。だからヒーロー、私達が咲き続けるために死んで頂戴」

「ふざけるな！」

思わず声が出てしまった。

「あら、そんなに怒ってどうしたのかしら？」

「簡単に言うんじゃねえ！　死ぬとか殺すとか……」

俺はパトラの言葉に反応するしかなかった。なぜなら――

「死んだらパトラのおっぱいを揉《も》めないいじゃないか！」

「……は？」

「俺はお前達のおっぱいが揉みたくて仕方がないんだ！　だから誰も死なせない！」

俺は叫び声を上げながらパトラに向かって走り出す。

「おかしなことを言って動揺させようとしても無駄よっ！」

「うおおおおおおおおっ！」

迎撃するようにパトラがローズウィップを振るうが、俺は回避行動を取ることなく走り続けた。

全身にローズウィップの攻撃を受け、痛みに震える体を抑え込んでパトラとの距離を詰める。

「なっ⁉　さっきは一撃で膝をついたのにどうして⁉」

そんなもの答えは決まってるだろ！

「おっぱいのためなら、痛みなんてむしろご褒美だ！」

「貴方の方がよほどヴィランじゃない！」

「お褒めの言葉ありがとぅ！」

「褒めてないわよ！」

「がっはっはっはっ！　痒《かゆ》い痒い！　むしろもっとお願いしますお姉さまあああああ！」

照準よし！　角度良し！　速度良し！

漢《おとこ》、晴彦。参ります！

パトラとの距離を詰めた俺は思いっきり跳躍し、勢いのままパトラのおっぱいに顔からダイブした。

「ヴィランのおっぱいは俺のもんだあああああ！」

「きゃあああああ！」

ボフン。

俺の顔がパトラのおっぱいに包まれる。そして一度目の反省を踏まえて、今度はパトラの両腕も巻き込むように拘束する。

そう、これこれ。やっぱこれなんだな。

「や、やめ！　離れなさい！」

「いあば！（いやだ！）」

「少し前までもっと真面目にやってたじゃない！」

「おべばまびべば！（俺は真面目だ！）」

「なお悪いわよ！」

思い切り抱き着いた状態の俺を、パトラが必死に引き剝がそうとする。

だが、そのたびにパトラと俺の体が擦《こす》れ合い、より一層パトラの体が押し付けられてしまう。

あぁ、このままずっとこの時間が続けばいいのに……。

「ジョーカー！　大丈夫⁉　特務の人が応援に駆けつけて来てくれ、た……の……」

ど、どうして琴音がここに？

なんと離れていたはずの琴音が戻ってきてしまった、しかも特務のヒーローまで引き連れて……

「ぁ……」

「ねえ、晴彦……私に何か、言いたいこととか……あるんじゃない？」

まずい！

恐ろしいまでに笑顔の琴音に釈明するため、俺は慌てて顔を上げようとした。

「もう！　私だけを見てよぉ～」

「んいぃ⁉（なにぃ⁉）」

しかし、先ほどまで全力で俺を引き剝がそうとしていたパトラが態度を一変させ、逆に抱き着くようにしておっぱいに押し付けてくる。

や、やばい！　やばい！

早く琴音に言い訳しないと！　ああ、でもおっぱい……柔らかい……

「……やっぱり……いい……ね」

琴音がなにかを呟《つぶや》いているが、おっぱいで耳栓状態になっていて正確に聞き取れない。

ごめん琴音、もっと大きな声で言ってくれないと分からないぞ。

「そんなに大きいおっぱいが好きなら……そのまま埋もれて死んじゃええええええ！」

涙目で顔を真っ赤にした琴音が、俺の股を思い切り蹴り上げる。

「んぼぉおお!?」

ローズウィップの一撃すら超え得る激痛に、俺は意識を手放した。

# エピローグ

「へんでぃっ⁉」

俺は素っ頓狂な声と共に目覚めた。最初に視界に映ったのは真っ白な天井だった。

頬《ほお》には強烈に刺すような痛みがあった。

多分だが、これのせいで変な悲鳴を上げてしまったのかもしれない。

「あ、あれ……ここは……」

自然と出た独り言のはずだった。だけど俺の独り言に返答する声がいくつも上がる。

「おはよう晴彦《はるひこ》、よく眠れたかしら？」

「いやはやジョーカー君、君はやはり面白いねえ」

「ジョーカー、目が覚めたか」

真っ白な天井をぼうっと眺めていると、三者三様の聞き知った声が視界の外から投げられる。

えっと誰だろう……あれ、体が全然動かない。というか体中がすんごい痛いのはなんで？

それでも体をどうにか動かして視線を向けると、そこには想像していた通りの見知った顔が並んでいた。

特務長、ミスターハンマー、そして琴音《ことね》。だが向けられる視線、表情、全てが一つとして同じものではなかった。

特務長は面白いものを見られたと愉快そうに笑みを浮かべ、ミスターハンマーは安堵《あんど》する様子と併せて呆《あき》れも含んだ視線を向けている。

そして最後の一人、琴音は顔を真っ赤にしてまるで怒っているような視線を向けてくる。

いや、だからなんで？　と思ったがすぐにその原因が判明した。

「あ……」

結論から言えば、原因は確かに俺だった。

俺は自分の体を起こすこともできない状態だった。だが両腕が、まるで別の人格が宿っているのではと思えるほど縦横無尽に動き回っていた。

片方は特務長の見た目相応の小さな胸をスーツの上から揉《も》んでいた。

スーツの少し硬い素材の感触。しかし手に力を加えれば硬いはずの手触りからは想像もつかない優しい柔らかさがあった。

小さいとはいえ、特務という荒事に対応する組織の重役。鍛え込まれた体故に形の良さがはっきりと現れていた。

モミモミ。

めっちゃ触り心地最高です。はい。

大きいものとはまた違う小さな抵抗感。俺にとってそれは言語化しづらいものだったが、琴音が胸は脂肪の塊だと表現していたそれを「間違っている！」と一喝できるほどに素晴らしかった。

小さくとも、鍛え抜かれた体が織りなす調和。それこそ脂肪の塊とは対極に位置するものと言えた。

特務長に向けられていたのとは反対の手。

俺の左手は琴音の胸に伸びており、パトラとの戦闘の時に揉んだあの感触を蘇《よみがえ》らせた。手を動かすたび、琴音が生きていることが実感できて安堵した。

触られている本人は顔を真っ赤に染めているため、揉まれていることに羞恥心を感じているのが見て取れる。だが、俺はあの時薄れていた意識の中で、琴音が言っていた言葉をはっきりと聞き取っていた。故に、これは正当な権利なのだ！

そりゃもう遠慮なく揉み続けた。

今日の琴音は厚手のパーカーを着ていた。手には厚手特有のごわごわとした感触が伝わってくる。

ごわごわとした感触だったが、特務長のスーツよりも素材自体が柔らかく、指先に少し力を加えると指だけが琴音の胸の形を変えていく。

特務長と同時に触っているためか、大きさに大した差はなくとも揉んだ時の感覚が全く違うことに驚いた。

特務長をモミモミ、琴音もモミモミ。

改めて両手でそれぞれ同じように揉むが、そこに圧倒的な違いを感じ取った。

特務長の場合は柔らかいがその中にある確かな抵抗感。そして形を維持しようと胸全体が美しさを保ち続ける。揉むよりも形を変えないように上から優しく撫《な》でる方が、特務長の作り上げられた美しさを堪能できるだろう。

これは特務長の鍛えられた体だからこそ得られる黄金の果実。

おっぱいを脂肪と揶揄《やゆ》する人間がいるのであれば、是非とも一見、いや一触するべきだ。世界が変わるぞ。いや特務長の胸は俺のものだ！　誰にも渡さん！

では琴音の方はどうなのかというと、小さいが故の柔らかさ以上の言葉は必要ないな。うん。

琴音は今まで荒事の世界とは無縁の平和な日常にいた。ＰＦ能力者ということもあり体型の維持を本人はさして気にもしていなかった。特別運動などで体を鍛えた感じはない。

琴音の胸は少し膨らんだ幸福という表現がぴったりだろう。

垂れもせず萎《しぼ》みもしない、かといって張っているわけでもない。琴音の胸は少し膨らんでいるのだ。だから手を当てればそれだけで形が変わる。

下着の類《たぐい》が邪魔をするがなんのその。手に乗るとは想像できない大きさなのに、下からすくうように手のひらを押し上げれば俺の手にチョンと乗るのだ。

軽く押して、すぐに離す。

ぽよん。

手を大きく広げて優しく包む。

むにむに。

天は二物を与えず、しかし素晴らしき実りだけは大盤振る舞いするのだと俺は知った。

おお神よ、私は今なら敬虔《けいけん》なる信徒になります。

神の与えたもうた実りを愛《め》で、育むための組織を作ろう。俺は新しい極致に至った。そして、神に祈りを捧《ささ》げる時には――

「ねえ、いつまで……そうしているつもりなの」

新たな道を開きかけていた俺の思考を、琴音の言葉が首根っこを摑《つか》んで引き戻す。

視線を向けると修羅がそこにいた。

「二回目なんだけど、貴方《あなた》って学習しないのね。それで、最後に言い残すことはあるかしら？」

これはもう逃げられない。しかも初犯じゃないんだ俺、その時のこと覚えておけよ俺、なんで忘れちゃうかな俺。

悟った俺は最後にこの幸福を忘れないように、全神経を手に集中させた。

「俺は世界を知った。世界とはおっぱいなんだ」

ニコリと俺は今世紀最大に良い笑顔を琴音に向け、琴音もニコリと俺に笑顔を返す。

世界はなんとも素晴らしいことに満ちていた。みんなも入ろうぱいおつ教、美しい女性を待ってるぞ。

「死にさらせえええええ！　この変態いいい！」

琴音の怒声と、股間に衝撃を受けた次の瞬間だけを残して、俺はそれから先の記憶を手放した。

せめて、先ほどの幸福なひと時だけは決して忘れまい。その覚悟だけが薄れゆく意識の中で最後まで残っていた。

再び俺が意識を取り戻したのは数分後。目が覚めた瞬間、俺は三人に誠心誠意土下座した。

その後、意識が回復したこともあり身体検査が行われると、如何《いか》に自分の体がボロボロだったのかを思い知らされた。

そりゃ痛いわけだよ。

全身打撲、裂傷。いくつかの骨折。赤鞭《あかむち》の名を持つパトラの攻撃は凄《すさ》まじい傷跡を俺の体に残していた。医師から琴音の一撃が止《とど》めになりかけていたと聞かされ、震えあがった俺は再度琴音に謝罪した。

琴音に土下座をしてから半月が経《た》つと早々に退院する運びとなった。常人であれば骨折が一つでもあれば完治まで二か月前後と言われているが、ＰＦ能力者には当てはまらない。

ＰＦ能力者が人類の進化と呼ばれ、この摩訶《まか》不思議《ふしぎ》なエネルギーにProgressiveの意味が込められているもっともな理由だ。

単純に不思議な力、例えばサイコキネシスやパイロキネシスといった能力だけで言えば、ただの超能力者と呼ばれていただろう。しかし、ＰＦ能力者はただ不思議な力があるだけではないからこそ、超能力者ではなく、ＰＦ能力者と呼ばれている。

容姿、病気に対する抵抗力、身体能力、その他雑多な能力値、そして自己治癒力。その全てにおいてＰＦ能力者は常人を圧倒する。

常人では考えられないほどの力を、種としての〝力〟が人の域を超える。しかし、その力は今もなお解明しきれておらず、一説ではＰＦ能力者自体が成長を続けているとも言われている。

なればこそただの力ではなく、人類が進化、進歩する力。ＰＦ（Progressive force）と呼ばれる。

常人であれば死んでいてもおかしくない傷を負っても、適切な治療を受ければ半月で完治に至ることからも、既存の常識から逸脱した存在と言えた。

「退院おめでとう、晴彦」

病院を出ると琴音が笑顔で出迎えていた。

「琴音が迎えに来てくれたのか。てっきり他の人だと思ってたよ」

「折角《せっかく》迎えに来てあげたんだから感謝してよね。それともこの画像を世間様に公開してもいいのかしら？　変態さん」

琴音はそう言いながら携帯の画面を見せてくる。

患者衣を着た俺が綺麗《きれい》な土下座を決めている姿が、携帯の画面いっぱいに映し出されていた。

挑発するような笑みを浮かべる琴音に、俺は鼻を鳴らした。まだまだ甘いな。

「ふん！　良きものを堪能した対価を払ったまで。むしろ揉んだ者のみに許される証《あかし》だ、丁寧に拡散してくれ」

そんな羞恥心はとっくに捨て去ったわ！

「なんで堂々としてるのよ！」

「別に悪いことはしてないだろ？　特務長には許してもらったし、琴音に関しては元々許可された行為じゃないか」

パトラとの戦闘の時に琴音からもらった、おっぱいをいくらでも揉んでいい券を放棄する気はない。

琴音もあの時のことを思い出したのか、怒っていた表情を一変させて羞恥心に顔をワナワナさせ始める。

「ち、違うわよ！　あ、あの時は貴方がお寝坊さんだったたから。早く起きてもらうために言っただけだから、あの時はそうするしかなかったの。ていうかもうダメ！　時効よ時効！」

「原告の主張を却下します。被告の権利は口頭であろうとも契約として成り立っているため、法的な力を有していると判断します」

「それっぽいこと言って逃げないでよ！　だめったらだめ！」

どうにか気持ちを持ち直した琴音が地団太を踏みながら抗議する。見た目はともかく齢《よわい》二十歳を超える女性の地団太か……見ていて来るものがあるな。

　肩で息をして病院の前ということも忘れるほど取り乱していた琴音だったが、次第にその勢いが収まっていく。

「そうか……そんなに嫌だったんだな。済まないことをした。琴音がそこまで嫌がっていたなんて、気付かなかったんだ……」

「晴彦……」

　俺だって琴音の嫌なことはしたくない。相手の気持ちを考えない最低野郎になんて俺だってなりたくないさ。

　琴音の様子をちらりと確認しながら俺は言葉を続けた。

「それに、あんな事件に巻き込んでしまったのも、俺の力不足が原因だ。もっと強ければ琴音に怖い思いもさせることはなかった、済まない」

　頭を深く下げて謝罪する。

　俺にもっと力があれば、あんなことにはならなかったはずだ。

「だが、琴音は俺のあまり人に言えないことを知っても、こうして話しかけてくれる。琴音とはこれからも良好な関係を続けたいんだ」

「晴彦……。そう、そうだよね。貴方だって好きであんなことをしているわけじゃないいんだものね。それなのに……私こそ、ごめんなさい」

「いや、琴音は悪くない。俺もこの欲求とは折り合いを付けなくちゃいけないと思ってる。でも、今はまだそれができているわけじゃない」

「分かってる……私、貴方がそんなにも悩んでいるなんて、気付けなくて……私にできることなら言って。できる範囲なら私も貴方の助けになりたいの」

下げていた頭を上げる。

琴音が優しい笑顔で手を差し出してくる。

「また、同じように琴音にあんなことをしてしまうかもしれない」

「大丈夫、晴彦なら、そ、その……別に、嫌じゃ……ないし」

……ん？

「え。今……なんて」

「だ、だから。晴彦になら。む、胸を触られても……嫌じゃ、ないから」

ピ
その場に流れるには不釣り合いな電子音が、俺達の間で響いた。

「ピ？」

謎の電子音は琴音にも聞こえたようで、首を傾《かし》げながら音の出所を探す。

「ねえ晴彦。さっきの音、聞こえた？」

「ああ、聞こえた」

もちろん聞こえたさ、多分ここらへんかな？

琴音の言葉に俺は答えながら胸ポケットに手を入れると、中からゆっくりと平べったい長方形の棒を取り出す。

一瞬何を取り出したのか、取り出された物を見てもなお首を傾げる琴音に、俺は棒に配置されているボタンの一つを押した。

『む、胸を触られても……嫌じゃ、ないから』

琴音の声で先ほど琴音が口にしたのと一字一句変わらないセリフが、長方形の棒、ボイスレコーダーから流れる。

まるで時間が停止したように、琴音と俺の動きが止まる。少ししてお互いに顔を見合わせる。

琴音が顔を青くし、信じられないモノを見るような視線を向ける。

よせやい、照れるじゃないか。

「言質《げんち》とったああああ！」

「いやあああああああああ！」

ボイスレコーダーを高らかに掲げて歓喜の声を上げる。馬鹿め！　全てはこの言質を取るための布石だったのだ！

琴音が頭を抱え、この世の理不尽を嘆く。二メートルにもならない距離で、一つのレコーダーにより天国と地獄の極致が出来上がった。

「あんな素晴らしいモノを触らせておいて！　やっぱだめなんて許さん！　俺はあれがないと生きてけないんだ！」

俺は琴音に思いを伝えた。熱いまなざしと確かな気持ちを込めて放った言葉は、より一層琴音の表情を崩していった。

「こんな場所で決め顔で変なこと言わないでよ！　いいからそれを渡しなさい！」

顔を赤く染め、目には羞恥心から涙を浮かべた琴音が必死に諸悪を取り除こうとしてくる。

舐《な》めるなよ！　これでもヒーローとして死線を潜《くぐ》り抜《ぬ》けてきたんだ、そう簡単に取らせるものか！

「ンガッハッハッハ！　絶対に渡さん！　渡さんぞお！」

俺は自身の勝利を疑わなかった。戦闘に特化した自身のPF能力と琴音の非戦闘に特化したPF能力の相性から、手にした絶対的な権利を守り切れると考えていた。

しかし、俺は知らなかった。琴音が自身のＰＦ能力を理解していることに。そしてその能力こそ、現状において圧倒的な切り札、ジョーカーだということに。

俺にとってそれは最大の誤算だった。

「舐めないでよね！　そんなの手に触れなくたって、どうにでもなるのよ！」

琴音がＰＦ能力を発動する。琴音がＰＦ能力を発動させたことは俺にも理解できた。だが、実際に琴音が何をしたのかまで認識することはできない。なぜなら琴音のＰＦ能力は電子の世界においてのみ力を発揮し、電子の世界において神とも呼べる力だからだ。

先ほどまでとは対照的に、困惑した俺の表情を見た琴音が勝ち誇った笑みを浮かべる。

「私が貴方《あなた》を起こした時、パトラの操ってた黒球をハッキングしたのよ。まだよく分かってないけど、私の力は機械をクラッキングできるの。残念だったわね、そのボイスレコーダーの中はもう空っぽよ！」

「な……嘘《うそ》だ。そんなわけ……」

琴音から告げられた事実に、俺は手を震わせながらも再度再生ボタンを押す。

『……』

一度は再生できたことに淡い期待を抱いたが、再生から数十秒待っても期待した音声が流れることはなかった。本当にボイスレコーダーの中身が空になった事実に、耐えきれなくなった体が膝から崩れ落ちてしまう。

「もう、終わりだ……」

……神は死んだ。俺はこれからいったいどうしたらいいんだ……そうだ、旅に出よう。誰も知らないどこか遠くに行くんだ。

現実の不条理に打ちのめされた俺の目から、自然と涙があふれていた。

「え!? そ、そんなに落ち込むの!?」

「当たり前だ……琴音の胸をもう揉《も》めないなんて……」

「えぇ……」

琴音さん、引いてるみたいだけど男からしてみれば、それだけで世界に喧嘩《けんか》を売ってもいいほどの代物なんですよ。ワールドミッションはいつでも受諾できるんです。

そのまましばらく、膝から崩れ落ちたまま泣き続ける男と、それを目の前に遠い目をする女の姿が、病院の出入り口を塞いでいた。後日、ミスターハンマーに病院から苦情が行くことになり、ヒーロー時代にしか見られなかった剛腕が俺の頭に落とされることになった。

「い……いい、わよ」

「……え?」

耐えきれなくなったように琴音がぽつりと呟《つぶや》く。

「だ、だから。あ、あんな卑怯《ひきよう》なことしなくても、いいって。言ってるの……」

最後の方はぎりぎり聞こえる程度の声量だったが、俺のＰＦ能力者としての聴力がそれを聞き取った。

顔を上げて琴音を見る。

琴音は顔を赤くしたまま、自身が発した言葉の恥ずかしさからか目が潤んでいた。

「ほ、本当にいいのか？」

琴音の言葉が信じられず、俺は思わず聞き返してしまう。

男性が胸を触らせるのと、女性が胸を触らせるのは全くと言っていいほどの差がある。

流石《さすが》の俺もそれが分からないはずがなく、琴音の顔を思わず見つめてしまう。

「そ、その代わり。せ、責任……とってもらうから、ね」

そう言うと琴音は視線を他のところに向けてしまう。

まさか、琴音がそんなことを言うなんて……

琴音という少女を一月以上も見てきた俺にとって、彼女の口から出たそのセリフは頭上に雷が落ちてくるほどの衝撃を与えた。本来、女性が男性に体の一部でも触ることを許すという行為は、曖昧な意味を持たないだろう。

驚きのあまり茫然《ぼうぜん》としていた俺の口が自然と動いていた。

「え、重っ」

「その喧嘩、言い値で買わせていただこうかしら？」

怒りのあまり背後に鬼の幻影を見た俺は、危うく再入院することになりかけた。

鬼神と化した琴音とお話をした後、俺は特務に配備されている車に乗り込むと、琴音の運転で特務まで向かうことになった。

最初は俺が運転をすると言ったが、琴音に「まだ病み上がり」と言われてしまい、結局琴音に任せることになった。

「頼むから、事故らないでくれよ？」

「わ、分かってるわよ」

俺が自分で運転すると言い出した理由は、琴音の緊張した表情を見れば説明がつくと思う。

琴音は免許を持ってはいたが、完全なペーパードライバーらしく。最近になり特務で車を使用する機会もあるということで絶賛練習中らしいのだ。

つまり、今回琴音が迎えに来てくれたのは彼女の運転練習でもあった。

……事故って再入院とか笑い話にもならないぞ。

やはり最初は緊張した様子で運転していた琴音に、余裕が出始めた頃を見計らって、驚かせないようにできる限り自然に話しかける。

「琴音、特務にようこそ。これからは同僚だな」

琴音は俺が入院している間に急遽《きゅうきょ》特務へと正式に所属することになった。それもそのはず、ヴィランに襲われたこともそうだが相手があの赤鞭《あかむち》ということもあり、琴音の安全を確保するためには早々に特務に所属してもらうのが確実だった。

そのため、本来であればまだ先だったスケジュールの殆《ほとん》どを前倒しして、半ば無理やりに琴音は特務に所属することになった。

今では正真正銘、俺の同僚となった。

「えへへ、ありがとー」

やだ素直な笑顔。

あれ、そういえば琴音はどこの部署に配属されたのだろう。

「結局琴音は何処《どこ》に配属されたんだ？」

琴音のＰＦ能力は稀有《けう》だ。そのため、俺のようなヒーローとしての活動よりも、後方でのサポートや研究といった業務がメインになるはずだ。そうなると、琴音の能力が発揮できる場所は無数に存在する。

特務としては、琴音の希望を第一に考えてくれるという話だったため、琴音が何処の部署に配属されたのかが気になっていた。

「簡単に言うと、ヒーロー用のサポート装備開発をメインにした部署ね」

へえ、ヒーロー用のサポート装備開発か……ん？

「なんだそれ？　そんな部署あったかな？」

俺も若手とはいえヒーローとして特務に一年以上は勤めている。しかし、琴音が今しがた話した部署は思い浮かばなかった。

「あー、新しくできたのよ」

「新しく？」

「パトラの使ってた黒球、あれが発端みたいよ」

黒球、俺はその名前に思わず眉を顰《ひそ》める。

「あれは痛かったなあ」

めちゃくちゃ痛かった、それこそ気絶するぐらいには。

「晴彦に当たった時の音からしてやばいわよ、あれ。パトラが破壊した残骸を試しに調べてみたら、意外にもPF能力者であれば大抵の人が使えるような設計だったの」

え、何それ怖い。

琴音が何でもない様子で口にしたそれは、下手をしなくてもやばい情報が見え隠れしていた。

「それって、もしも量産でもされたらやばいことになるじゃないか。っていうかあの黒球を調べたって、琴音はそんなことまでできるのか？」

パトラが使っていた黒球、あれは明らかに通常の技術水準では作れないものだった。耐久性、威力、操作性。どの性能を見ても、ＰＦ能力者が作ったと言える根拠になった。

琴音は調べたと言ったが、彼女は少し前までただの大学生だったはずだ。それを調べたということはそれこそＰＦ能力によるものだろう。

「私のＰＦ能力って、まさしく電子系みたいなのよ。あの黒球をちょーっとよく見てみたら、こうパーって感じで分かっちゃったのよね」

「パーってなんだよ、いや分かるけど」

誰が聞いても分からない表現だったが、同じＰＦ能力者である俺には琴音の言わんとしていることが分かってしまう。もはや、そういうものなんだとしか表現できないことが、ＰＦ能力者には多々存在するのだ。

俺自身、自分のＰＦ能力の説明をしてみろと言われれば言葉に詰まるほどだ。

正確に言語化しろと言われればできるが、しても意味がない。だから琴音のような抽象的な表現が一番適してしまうのだ。

「その話を特務長にしたら、ちょうどいいからって、新しい部署をその場で作っちゃったのよ。そしてどうしてか私がそこに一人で配属させられちゃったってわけ」

「一人ってまた、確かにうちは人員不足だけど。それってどうなんだ？」

「私だって分からないわよ。でもPF能力者が一番やりやすい環境だって、特務長が……」

「ま、まあ。あの人が言うなら問題ないんだろ」

特務長は見た目は合法ロリだが、その立場と行動力は本物だ。あの人が一番やりやすい環境というのなら、本当にそうなのだろう。

「意外と信用してるのね」

琴音が何故《なぜ》かジト目で見てくる。え、なんでちょっと不機嫌なの？　特務長、上司。俺、部下。信用する、オーケー？

「琴音も特務で働いていれば分かるさ。あの人はやばいからな」

「やばいって、褒めてるの？　それとも危ないとかの意味？」

「両方。あの人に関してはたまに同じ人間なのか？　って思うこともあるしな。要は慣れだよ、慣れ」

「はいはい、習うより慣れろ。分かってるわよ」

「あの人のことは話すだけ無駄だからな……。そういえば、結局あの後どうなったんだ？」

あの後というのはパトラとの戦闘後の話だ。

本来の変身姿を取り戻したはずなんだが、パトラのおっぱいにダイブしたところからの記憶が抜け落ちていたのだ。

話を聞こうにも入院中ということもあり、特務長達に聞いたが門前払いされていた。だから聞くならこのタイミングしかなかったのだ。

「え⁉　あ、あーっと……その……き、聞かない方が晴彦のためよ」

「俺のためなの⁉」

なにがあったんだよ、あのパトラがどうして俺達を見逃したのかが気になって仕方がないぞ。

「とにかく貴方《あなた》が動けなくなってすぐに、ソニックさんが助けに来てくれたのよ。それで貴方はすぐに病院送りになったの！」

「確かに俺、かなりボロボロだったよな。医者によく生きてるなって言われたぐらいだし」

琴音が悲哀に満ちた表情で胸に手を当てる。

「そうね……あれはひどいものだったわ、本当に……」

「そのあやふやな感じ超怖いんですけど⁉」

い、いったいあの場で何が起きたんだ……。

聞き出そうとしても特務に着くまでの間、琴音が口を開くことはなかった。


「失礼します」

特務に着いた俺は、自室に入院時の荷物を置いてからすぐに特務長室へ向かった。

「入りたまえ」

普段はミスターハンマーの武骨な入室許可が下りるが、聞こえてきたのは特務長の返答だった。

扉を開けて中に入ると特務長室にはミスターハンマーの姿はなく、特務長だけが笑顔で椅子に座っていた。

「あれ、ミスターハンマーはいないんですか？」

「彼は野暮《やぼ》用で席を外しているよ。まーとりあえず椅子に掛けてくれたまえ」

特務長に言われるがまま、指定された高級ソファに座る。毎度のことながら、全身を深く受け止める座り心地は最高だ。

俺がソファに座ると、特務長はいつもミスターハンマーがするように、お茶を二人分用意し始める。

「あ、すみません」

「いいのいいの、私も女子力というものを磨こうと思ってね。ハンマー君ほどじゃないけどね」

今更な気もするし、特務長に女子力とか必要なのだろうか？　そもそも特務長と女子力って結びつかないよな。

「何かな？」

「いえ、何も」

「まずは退院おめでとう。今回はこちらの不手際で君に多大な被害を与えてしまった。深く謝罪する」

深く頭を下げる特務長、その謝罪は俺が初めて見るほどに真剣な姿だった。

「いえ、俺こそパトラを捉えることもできず、ましてや護衛対象である琴音に助けられてしまいました。申し訳ありません」

とは言っても、想定外の事態は現場では付き物だ。それに対応できてこそのヒーローだ、というのが持論だ。

「私もまさか赤鞭が出てくるとは思っていなかった。それにあの黒球、あれは赤鞭の出現以上に色々と大きな問題とも言える」

「はい」

琴音から聞いた話が本当であるのならば、あの黒球はＰＦ能力者であれば程度の差はあれど殆どの者が使える。俺ですら初見での対処が難しかったそれが出回れば、ヒーローだけではなく、国や世界的に見ても大きな影響が予想できる。

それほどまでにパトラが使用した黒球という武器は、当初からあるＰＦ能力者と非ＰＦ能力者の差を更に明確にしてしまった。

「つまり、我々特務はすぐにでもあの黒球の出所を探し、早急に対処方法を見つけなければならない」

「どうやってでしょうか。俺はヒーローですが荒事専門です。俺に何かできることでも？」

「勿論《もちろん》」

特務長は先ほどまでの硬い空気を消し、いつもの何を考えているのか分からない笑みを浮かべる。

うわ、この後面倒なこと言ってきそうだよ。

「元来、裏社会に蔓延《はびこ》る毒素を見つける方法というのは限られている。今回もその例に漏れない」

抽象的な表現のみで語られた内容に俺は首を傾《かし》げてしまう。

「おっと、言い回しが良くなかったね。私の悪い癖だ」

「すみません。俺も分かればよかったのですが……」

「君には単刀直入なのが一番だったね。君には潜入捜査をしてもらいたい」

特務長が言い直した言葉に俺はようやく納得した。

「あーなるほど。潜入捜査ですね……ま、まさか？」

「んふふー。よろしく頼むよジョーカー君。未《いま》だ赤鞭《あかむち》以外に素顔を見られていない君は、うちにとってのワイルドカードだ。頑張ってくれたまえ！」

いい笑顔見せられても騙《だま》されないぞ。

ヒーローというのは職業柄、大衆への露出が激しい。俺はまだジョーカーとして活動して一年しかなく、特務において素顔が晒されていない数少ないヒーローだった。

潜入捜査先のことを考えれば、非ＰＦ能力者を送り込むには危険が大き過ぎる。逆にヒーローを送り込んだとしたら、もしもの場合単独での活動ができるため、今回のような潜入捜査にはヒーローが適任とされている。

しかし、潜入捜査ということは裏社会でバレないよう動ける人間でなければいけない。

良くも悪くも曲者《くせもの》が多い特務において、ジョーカーというヒーローは意外にも扱いやすい駒とも言える。

「あー、君という人間は実に使いやすくて特務長は大変嬉《うれ》しいよ」

「マジですか……。というかそれを本人の前で言わないでくださいよ……」

そう言われると謎の反抗心が生まれそうだ。もっとホワイトな職場を所望します。

特務長の言い方に不貞腐《ふてくさ》れる俺だったが、特務長はいつもの人を食ったような笑みを浮かべると、俺の目の前で足を組む。

わざとタイトスカートの隙間が見えるようにして動かされた足に、俺の視線は当然のように引っ張られる。男ってなんて悲しい生き物。

「勿論、頑張ってくれたらご褒美も……ね？」

「まったく特務長も人が悪い。そんな釣り餌がなくても俺はやって見せますよ。はっはっはっ！」

晴彦がんばっちゃうぞ。

「うんうん、君はなんて扱いやすい人間なんだ。私はそんな君が大好きだよ！」

「お任せください！」

ドンと胸を張る。それからも特務長からあの手この手で調子づけられた俺は、そのまま意気揚々と特務長室を後にした。

俺はその足で琴音に自慢しに行くのだが、それからしばらく冷たい視線を向けられてしまうことになった。

男って、悲しい生き物だよね。

# あとがき

「湧きあがれ俺のリビドー！　うおおおおおおお！」

「特務長、ジョーカーはいったいなにを叫んでいるんですか？」

「琴音《ことね》ちゃんよくぞ聞いてくれた！　ジョーカー君は戦ってるのだよ、内なる自身の欲求と……」

「いや、分かりませんよ」

「簡単に言えばこの本、通称てきおぱの次回作のために英気を養ってるのさ」

「次回作も出るか分からないのに……ジョーカーって可哀《かわい》そうな子ですね」

「言霊《ことだま》というのを知っているかい？　ジョーカー君の力であれば現実を歪《ゆが》めて理想を作り上げることもできると私は信じているよ」

「っていうかここあとがきですよ？　普通は関係者やこの本を買って頂いた方々に御礼申し上げる所ですよね」

「ま、普通はそうなんだろうけどさ。この作品自体真面目そうな雰囲気のままふざけてるだけじゃないか」

「ふざけてるのはジョーカーだけです！　それにこの作品は力に目覚めた私が大活躍するお話です！」

「そういえばそうだったね、そして君達の上官である私の美しさも掛け合わされている素晴らしき作品さ！」

「まってろシルヴィアああああああ！」

「……私達は真面目にしませんか？」

「む？　まぁ、別に構わないよ。これでも大人な女性だからね！　決めるところはビシッと決めるさ！」

「というわけで、てきおぱをお手に取っていただき誠にありがとうございます！」

「そして私達の笑いあり、涙ありの冒険劇は一旦ここまでとさせてもらうよ」

「涙？　冒険？　……えっと、この本が少しでも読んでいただいた皆様を笑顔にできれば幸《さいわ》いです！」

「琴音ちゃん、そのまま最後まで言ってくれたまえ」

「では、次回作がありましたらまたお会い――」

「次は琴音の生ちっぺぇだあああああ！」

「ちょ、ちょっとなんてことを言ってるのよ！」

「あっはっはっは。琴音ちゃん、今更そんなことで騒いでちゃだめだぞ、大人の女性というものは常に波が立たないように――」

「特務長の年齢不詳ちっぺぇもだあああああ！」

「……さてジョーカー君、大人なお姉さんとあっちで話そうじゃないか」

「はっ⁉　特務長、そして琴音もどうしてここに⁉　は、放してくれー！」

「では、改めまして。てきおぱを最後まで読んでいただいてありがとうございました！」

「またどこかで会おうじゃないか！」

「放してくれえええええ！　あ、でもこうして暴れればコラテラルちっぱいができ――」

「ふんっ‼」

「ぐぼらっち⁉」

「さすがジョーカー君、最後まで締まらないねえ」

とがの丸夫

# 敵《てき》のおっぱいなら幾《いく》らでも揉《も》めることに気《き》づいた件《けん》について


著　とがの丸夫《まるお》

角川スニーカー文庫　23608

2023年4月1日　初版発行

発行者　山下直久

発　行　株式会社KADOKAWA
〒102-8177 東京都千代田区富士見2-13-3
電話　0570-002-301（ナビダイヤル）

印刷所　株式会社暁印刷
製本所　本間製本株式会社

◇◇◇





Printed in Japan　ISBN 978-4-04-113457-3　C0193



**★ご意見、ご感想をお送りください★**
〒102-8177 東京都千代田区富士見 2-13-3
株式会社KADOKAWA　角川スニーカー文庫編集部気付
「とがの丸夫」先生「芝石ひらめ」先生

# 角川文庫発刊に際して

角　川　源　義

第二次世界大戦の敗北は、軍事力の敗北であった以上に、私たちの若い文化力の敗退であった。私たちの文化が戦争に対して如何に無力であり、単なるあだ花に過ぎなかったかを、私たちは身を以て体験し痛感した。西洋近代文化の摂取にとって、明治以後八十年の歳月は決して短かすぎたとは言えない。にもかかわらず、近代文化の伝統を確立し、自由な批判と柔軟な良識に富む文化層として自らを形成することに私たちは失敗して来た。そしてこれは、各層への文化の普及滲透を任務とする出版人の責任でもあった。

一九四五年以来、私たちは再び振出しに戻り、第一歩から踏み出すことを余儀なくされた。これは大きな不幸ではあるが、反面、これまでの混沌・未熟・歪曲の中にあった我が国の文化に秩序と確たる基礎を齎らすためには絶好の機会でもある。角川書店は、このような祖国の文化的危機にあたり、微力をも顧みず再建の礎石たるべき抱負と決意とをもって出発したが、ここに創立以来の念願を果すべく角川文庫を発刊する。これまで刊行されたあらゆる全集叢書文庫類の長所と短所とを検討し、古今東西の不朽の典籍を、良心的編集のもとに、廉価に、そして書架にふさわしい美本として、多くのひとびとに提供しようとする。しかし私たちは徒らに百科全書的な知識のジレッタントを作ることを目的とせず、あくまで祖国の文化に秩序と再建への道を示し、この文庫を角川書店の栄ある事業として、今後永久に継続発展せしめ、学芸と教養との殿堂として大成せんことを期したい。多くの読書子の愛情ある忠言と支持とによって、この希望と抱負とを完遂せしめられんことを願う。

一九四九年五月三日

時々ボソッとロシア語でデレる隣のアーリャさん
Милашка❤
燦々SUN
イラストももこ
story by sun sun sun
illustration by momoco
ただし、彼女は俺が
ロシア語わかる
ことを知らない。
特設サイトは
▼こちら!▼
スニーカー文庫

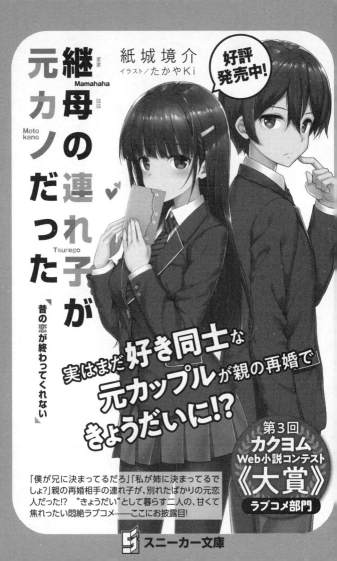

君の紡ぐ物語で
世界を変えよう。
第29回
スニーカー大賞
作品募集中!
大賞 300万円
+コミカライズ確約
金賞 100万円
銀賞 50万円
特別賞 10万円
締切必達!
前期締切
2023年3月末日
後期締切
2023年9月末日
詳細は
ザスニWEBへ
https://kdq.jp/s-award
イラスト/左